Adalbert Stifter

Zwei Schwestern

Adalbert Stifter: Zwei Schwestern

Entstanden 1845, Erstdruck unter dem Titel »Die Schwestern« in: Iris (Pest), 7. Jg., 1846.

Vollständige Neuausgabe mit einer Biographie des Autors
Herausgegeben von Karl-Maria Guth
Berlin 2015, 3. Auflage

Der Text dieser Ausgabe folgt:
Adelbert Stifter: Gesammelte Werke in sechs Bänden, [herausgegeben von Max Stefl,] Band 2, 6.–10. Tausend der Gesamtausgabe, Wiesbaden: Insel, 1959.

Die Paginierung obiger Ausgabe wird hier als Marginalie zeilengenau mitgeführt.

Umschlaggestaltung von Thomas Schultz-Overhage unter Verwendung des Bildes: Charles Gleyre, Zwei Frauen mit Blumenstrauß, um 1850 (Ausschnitt)

Gesetzt aus Minion Pro, 11 pt

Die Sammlung Hofenberg erscheint im
Verlag der Contumax GmbH & Co. KG, Berlin
Herstellung: BoD - Books on Demand, Norderstedt

Die Ausgaben der Sammlung Hofenberg basieren auf zuverlässigen Textgrundlagen. Die Seitenkonkordanz zu anerkannten Studienausgaben machen Hofenbergtexte auch in wissenschaftlichem Zusammenhang zitierfähig.

ISBN 978-3-8430-7662-3

Bibliografische Information der Deutschen Nationalbibliothek

Die Deutsche Nationalbibliothek verzeichnet diese Publikation in der Deutschen Nationalbibliografie; detaillierte bibliografische Daten sind im Internet über www.dnb.de abrufbar.

1. Einleitung

Wir legen in folgenden Blättern nicht sowohl eine einfache Geschichte, wie wir sie in diesen Büchern gerne er zählt haben, als vielmehr noch weniger dar, nämlich bloß den Zustand einer Familie, wie er aus mehreren uns unbekannten Veranlassungen, hauptsächlich aber aus der großen innern Grundverschiedenheit zweier Schwestern, der einzigen Kinder des Hauses, hervor gegangen ist.

Wenn wir auch denjenigen, die gerne viel Tatsächliches und Geschehenes lesen, nicht genug tun können, so glauben wir doch, daß mancher Seelen- und Menschenforscher, wenn er am Ende dieser Blätter angekommen ist, sie nicht ohne eine kleine Teilnahme weglegen wird. Uns hat es einst ein sanftes, fast trauriges Gefühl erregt, als uns ein Freund die lückenhafte Tatsache, wie sie war, und ohne auf Verzierungen und Ausschmückungen auszugehen, erzählt hat. Die Teilnahme war um so größer, als dieser Freund selber in seiner Jugend eine einseitige Bildung seiner Geisteskräfte erhalten hatte, wodurch er in der Folge viel leiden mußte, als er ferner manchen unverdienten Schmerz und manche Täuschung erfuhr, und als er auch von dieser Familie eine Umdüsterung seiner Seele fort trug, die er wohl durch die Stärke und Heiterkeit seines Geistes, welche er sich in späteren Jahren erwarb, überwunden haben wird. Wir erzählen die Tatsache mit den Worten unseres Freundes, obgleich wir als Nacherzähler auf die Frische und Ursprünglichkeit
467 verzichten müssen, die ihm, der die Sache erlebte, eigen war, und wir überhaupt nicht die Lebendigkeit der Darstellung besitzen wie unser Freund, der aber mit vielen sehr wohlbegabten Menschen die eigentümliche Sucht teilet, nie etwas Geschriebenes von sich geben zu wollen.

Nach diesen einbegleitenden Worten folge die Sache.

2. Reisefreunde

Wir fuhren einmal unser mehrere in einem Postwagen. In dem Kasten saß ein Vater mit zwei Töchtern – ich weiß es nicht genau, aber ich hielt ihn dafür. Das ältere der Mädchen, ungefähr dreizehn oder vierzehn Jahre alt, erregte durch ihr ernstes und ruhiges Benehmen unsere Aufmerksamkeit und unsern Beifall. Das jüngere war noch fast ein Kind, das mit kindlichen Augen in die Welt hineinschaute. Außer diesen drei Personen saß noch eine Frau in dem Kasten, die ich für die Begleiterin, gewesene Amme, oder sonst etwas dergleichen von den Mädchen hielt, obwohl sie vielleicht auch ganz und gar nicht zu ihnen gehören konnte; denn sie gab, ungleich der gewöhnlichen Art solcher Frauen, sehr wenige Zeichen von sich, regte sich wenig und sprach oft wirklich postenlange kein Wort. In dem hintern Gelasse des Wagens saßen ich und ein ältlicher Mann, den wir seines blassen Aussehens und seiner schwarzen Kleidung halber scherzweise Paganini nannten. Er lächelte einmal bei diesem Spottnamen trübsinnig und sagte: »Wer weiß, ob es nicht ein sehr großes Unglück für mich wäre, wenn ich wirklich Paganini wäre.« Unter dem Vordache des Wagens saß neben dem Postgeleiter ein Student, von dem ich nichts zu sagen weiß, als daß er sehr viel aus einem Meißnerkopfe rauchte, an dem er ein langes Rohr und ein bewegliches Mundstück hatte.

Die Reise war durch ganz und gar nichts ausgezeichnet, weder durch sehr schlechtes noch durch sehr schönes Wetter – weder durch ein Glück noch durch ein Unglück weder durch besonders langweiliges noch durch ungemein anziehendes Gespräch. Als wir uns erst ein wenig in einander hinein gelebt hätten und die Sache ein wenig in den Gang gekommen wäre, hatten wir unser Ziel erreicht, und wir gingen auseinander. 468

Ich hätte das Ding längst vergessen, wenn nicht der Zufall eine Fortsetzung daran gestückt hätte, wie er es oft mit den unzusammengehörigsten Sachen tut. Man wird bei solchen Vorgängen gereizt, nach einer Art Vernunft in dem Gemengsel zu suchen, und wenn wirklich etwas daraus erfolgt, schieben wir es der Vorsehung in die Schuhe mit welchem Rechte oder Unrechte, weiß ich nicht. Die Sache aber war so. Als ich einmal, ich weiß nicht nach welch langer Zeit, in Wien war und in dem Gasthofe zur Dreifaltigkeit, den ich immer zu benützen pflege, die hintere Wendelstiege in den Hof hinab stieg, welche Stiege gewiß jeder Reisende kennt, der einmal in diesem Gasthofe gewohnt hat, weil sie so enge ist, daß sich ihrer zwei kaum ausweichen können: so begegnete mir hinauf steigend leibhaftig und wirklich unser falscher Paganini. Ich erkannte ihn sogleich wieder, was hauptsächlich dadurch möglich wurde, daß er, wie ich glaube, den nämlichen schwarzen Frack anhatte, wie damals im Postwagen. Da ich ihm meinen Gruß zurief, erkannte er mich auch, und wir drückten uns gegenseitig die Freude aus, uns hier so unvermutet getroffen zu haben. Wie es bei Reisenden gebräuchlich ist, fragten wir um unser Befinden, wie lange wir schon da seien, und

wie lange wir uns noch aufzuhalten gedächten. Da erfuhren wir nun, daß wir nicht nur schon drei Tage Zimmernachbarn wären, sondern daß wir es auch wahrscheinlich noch sehr lange bleiben würden. Er hatte nämlich einen Prozeß zu betreiben und mußte in dieser Angele-
469 genheit viele Gänge und Besuche machen: ich war wegen der Betreibung eines Bittgesuches in Wien und hatte der Gänge und Besuche gewiß nicht weniger zu tun. Wir sprachen nach dieser Mitteilung die Hoffnung aus, daß wir uns gewiß nun öfter sehen würden, und um dies nicht eine bloße Redensweise sein zu lassen, verabredeten wir eine gemeinschaftliche Speisestunde in unserm Gasthofe, so oft es nämlich einem jeden von uns möglich sein würde; und bemerkten, daß wir uns auch ohne dem, da wir so nahe wären, manchmal treffen könnten.

In Folge dieses Versprechens kamen wir nun an dem Wirtstische zusammen, wir fanden Behagen an einander, und jeder erschien gerne zu der festgesetzten Stunde, wenn er nicht notwendig verhindert war. Zuletzt geschah es auch, daß wir sogar manchmal an Abenden, wenn es etwas regnerisch war, oder wenn einem ein Verdruß in dem Haupte spukte, an der Tür des Nachbars pochten; wenn er zu Hause war, eintraten, ein Stündchen verplauderten, und nicht selten den Verdruß verloren, weil man ihn erzählen und sich recht weidlich darüber aussprechen konnte. Zuweilen gingen wir dann auch an irgendeinen Vergnügungsort, wohin der einzelne, wenn er nicht aufgefordert worden wäre, gewiß nicht gegangen wäre.

So lebten wir drei Wochen neben einander, und lächerlich war es, daß wir beide immer im schwarzen Fracke gingen, natürlich, weil er immer bei Rechtsmännern, ich aber bei Beschützern aufwarten mußte. Er nannte mich daher einmal, da ich wieder ganz schwarz zum Speisen nach Hause kam, Paganini den Dritten. Es war dies der einzige Scherz, den ich den Mann, der eher immer trübsinnig war, sagen hörte.

Einmal war wieder recht schlechtes Wetter. Es war kein tüchtiger Regen, der alles rauschen und strömen macht, und daher doch wieder fröhlich ist, sondern es war das Wetter, das mir schier unter allen das
470 widerwärtigste ist; ein dicker, unbeweglicher Nebel, der sich wie Fließpapier an die Fenster legt, der oben am Himmel Sonne, Mond und alle Turm- und Häuserspitzen wegfrißt, und unten auf Erden alle Dinge naß, schmutzig und tropfend macht. Zum Überflusse war noch Sonntag, an dem wir beide keine Geschäfte hatten. Wir saßen stochernd und in den Zeitungen blätternd herum. Da geriet ich auf einen Einfall und

legte ihn meinem Nachbar vor. Wir sollten nämlich in eins der Theater gehen, ohne eher, als wir uns in dem Hause befänden, zu wissen, in welches, und ohne das Stück zu kennen, das aufgeführt würde; denn die Zettel, die gewöhnlich auf einem Tischlein im Speisezimmer lagen, hatten wir vorher keiner angeschaut. Ihm war es recht, und ich schritt ans Werk. Ich ließ einen Lohndiener rufen, riß aus einem weißen Blatte Papier fünf Stücke, schrieb auf jedes den Namen eines der fünf Theater Wiens, rollte sie zusammen und befahl dem Diener, eins zu ziehen. In das Theater, dessen Namen er auf seinem Zettel finden würde, sagte ich, solle er uns Karten zu Sperrsitzen holen und die Karten in Papier gewickelt bringen. Unterwegs möge er uns einen Wagen bestellen, dem er das Theater nenne, daß er uns um halb sieben Uhr dahin fahre. Mein Nachbar ließ alles willig geschehen, und der Diener ging fort. Als er wieder gekommen war und uns die in Papier gewickelten Karten gebracht hatte, gingen wir auf mein Zimmer und verbrachten den Rest des Nachmittages, wie man solche Nachmittage zu verbringen pflegt, das heißt, wir rauchten ein wenig, sahen bei den Fenstern auf den Nebel hinaus, und manchmal auf die Uhr. Endlich ward es finster, weil die Zeit im späten Jahre war, es ward zuletzt auch halb sieben Uhr, und der Wagen wurde uns gemeldet.

Ich hatte den Plan, daß wir durchaus nichts von der Fahrt wissen sollten, ich sagte daher meinem Nachbar, daß ich die Fenstervorhänge des Wagens herab lassen wolle. Er war, wie gewöhnlich, zufrieden, und wir stiegen ein. Der finstere Wagen fuhr aus dem Tore, wendete um Ecken, fuhr ziemlich lange fort, und setzte uns endlich an dem Josephstädter Theater ab. Ich sagte nun meinem Begleiter, wir wollen innen keinen Zettel anschauen, daß wir das Stück, das gespielt wird, nicht vorher kennen. Er willigte ein, wir gingen in das Haus, unsere Sitze wurden geöffnet, und wir setzten uns nieder. Wir waren ganz nahe an der Bühne, was uns angenehm war, und was wir dem Schutze unsers Lohndieners verdankten.

471

Das Theater war schon sehr voll, man könnte sagen, gedrängt voll, und doch kamen noch immer neue Menschen und klappten auf allen Seiten die Sperrsitze, woraus wir schlossen, daß ein sehr beliebtes Stück bevorstehe; aber unserem Vorhaben getreu fragten wir niemanden, und da wir Fremde waren, redete uns auch niemand an. Endlich, da schon alles außerordentlich erfüllt war, klang das Zeichen des Anfanges. Es wurde eine Musik gemacht, die kürzer und unbedeutender war, als sie gewöhnlich Stücken vorher zu gehen pflegt. Dann war es stille, und der Vorhang ging auf. Die Bühne zeigte ein schönes Zimmer und war leer, nur daß ganz vorne an den Lampen zwei Notenpulte standen. Unter den Zuschauern war das tiefste Schweigen. Da trat ein junger, schwarz gekleideter Mann aus dem Hintergrunde der Bühne hervor und führte ein Mädchen in weißem Gewande an der Hand – es war nicht eigentlich ein erwachsenes Mädchen, sondern ein Ding, das noch zwischen Kind und werdender Jungfrau stand – das weiße Kleid ließ dem Kinde sehr wohl, es hatte zwei breite, auf den Rücken hinab gehende Zöpfe, und die Augenbogen, wie ich zu bemerken glaubte, waren besonders klar. Die Haare waren einfach gescheitelt. Die Zuschauer erhoben, als sich dieses Paar zeigte, einen unglaublichen Sturm des Beifalles, und man [472] erkannte leicht, daß er dem Kinde gelte, welches durch den jungen Mann bloß eingeführt worden war. Das Mädchen, da es in die Mitte der Bühne gekommen war, verbeugte sich dankend gegen die Zuschauer und blieb dann stehen, ungefähr wie jemand, dessen Sinn schon auf ganz andere Dinge gerichtet ist, und der die vorliegenden Beifallszeichen eher als eine Unterbrechung als etwas anderes ansieht. Endlich hörte der Lärm auf, und das Kind ging von der Mitte der Bretter, wo es bisher gestanden war, gegen die Lampen vorwärts. Seine Züge entwickelten sich – ich geriet in das äußerste Erstaunen, und mein Nachbar und ich sahen uns plötzlich an; denn das Kind war niemand anderer als jenes ältere der zwei Mädchen, die einmal mit uns in dem Postwagen gefahren waren, das immer so ernst gewesen war, und das uns so gefallen hatte. Es war das nämliche Mädchen, dem der Beifallssturm gegolten hatte, und das, als wir wieder hin sahen, eben eine Geige von einem der zwei Pulte nahm und sich noch einmal verbeugte. Mein Nachbar und ich sagten zu einander: »Wir werden also jetzt das Mädchen spielen hören«, und wir wußten nun auch, ohne daß es uns jemand sagte, wer von den Lampen hell beleuchtet vor uns stehe: Theresa Milanollo. – Mich ergriff nun jetzt ein ganz anderes Gefühl, nämlich die Angst, ob das Mädchen auch so gut spielen würde, wie ich es wünschte, und wie es mir um sie lieb wäre, wenn es wäre. Mir war von jeher bloße Fertigkeit sehr zuwider, und sogenannte Wunderkinder machten mir jedes Mal einen Schmerz. Welch eine Qual und welche unzählige Stunden der Anstrengung müssen vorhergehen, ehe das Kind sich die unglaubliche Fertigkeit erwirbt und die arme gelehrige Seele ein äußerst genau in das Ganze eingreifendes Geräte wird. Daher hatte ich Mitleiden, als ich das schöne, blasse Mädchen vor den Lampen stehen sah, ehe man anfing. Die Züge waren unbeweglich, und ich dachte mir damals, diese Büste könnte man in Marmor hauen. Ich glaubte zu erkennen, daß sie auf das nicht achte, 473 was um sie vorgehe, allein das konnte eben so gut Befangenheit als Kunstgefühl sein.

Endlich begann die Musik des Orchesters – ich blickte auf sie – sie stand ruhig und sah mit ihren ernsthaften Augen vor sich. Als der Augenblick gekommen war, wo sie einfallen mußte, lag die Geige mit einem leichten Ruck an ihrer Schulter – und im Augenblicke ging auch der schöne, gehaltene Ton durch die Räume und durch alle Seelen. Mir war es auf der Stelle klar, dieser Ton könne gar nicht anders als aus dem Herzen kommen, so wie alle folgenden aus dem Herzen kamen, weil sie so zu Herzen gingen. Ich habe in späteren Zeiten das Mädchen wohl noch spielen, nie aber mehr sprechen gehört, ich bin mit ihr nie mehr zusammen gekommen, und habe sie auch nicht kennen gelernt. Ich kann daher aus andern Umständen nicht beurteilen, wie tief ihr Fühlen sei; aber aus diesen Tönen war es mir eine Unmöglichkeit, zu denken, daß es nicht so sei. Ich mußte mit Befremden in das Antlitz eines noch so jungen Kindes schauen, das schon so empfand. Wie ihre Saiten durch die andere Musik hervor tönten, wie sie so entschieden heraus ragte, wie ein Mann: war es mir, als höre ich ein inniges, starkes, erzählendes und manchmal auch klagendes Herz. Gar schön aber war es, wie die Unschuld in dem Spiele herrschte – eine Unschuld, die, möchte ich sagen, nur bei Kindern möglich ist, welche noch an kein Ich denken, das gefeiert werden soll, sondern die Sache spielen, die ihnen das einzige ist, das da gelte. Ich schäme mich daher nicht, es zu gestehen, daß ich von dem Kinde mit einer tiefen, schönen, sittlichen Gewalt erfüllt wurde. Ich klatschte daher auch nicht in die Hände, als sie endete, was aber unzählige andere mit fürchterlichem Gepolter taten. Ich kann nicht denken, daß diese das Eigentliche empfinden; denn wenn ein Künstler, also ein höherer Mensch – und jeder wahre Künstler muß das sein – vor uns steht, uns einen schönern, reinern Teil seiner Menschlichkeit 474 vor Augen fahrt und die unsere zu sich empor hebt: dort ist mir, als sollten wir bescheiden verehren. Mit lustigem Beifallsklatschen und Rufen lohnt man nur den bezahlten Lustigmacher. Das Mädchen senkte die Geige, es verbeugte sich nur einmal und kurz, und wurde von demselben jungen Manne, der es eingeführt hatte, wieder fort geführt.

So endete die erste Abteilung.

Nach einem kurzen Zwischenraume, den die Menschen mit Gespräche und Gebrause ausfüllten, begann die zweite. In derselben führte Theresa die jüngere Schwester heraus. Sie hielt sie, gleichsam wie eine ältere Beschützerin, an der Hand. Wir sahen das jüngere der zwei Kinder aus dem Postwagen, das mit seinen Augen so kindlich geschaut hatte. Das Mädchen, bedeutend kleiner als Theresa, war ebenfalls weiß gekleidet, aber statt der gescheitelten Haare und der Zöpfe hatte es ein Kinderköpfchen, rund um voll Locken. Theresa stimmte ihr die kleinere Geige, die auf dem zweiten Pulte lag, und reichte sie ihr dar. Die jüngere Schwester stand nicht, bevor das Spiel begann, mit dem Ernste, und ich möchte sagen, mit der Düsterheit da, wie die ältere getan hatte, welche wußte, was für ein tiefes und schwankendes Ding jetzt beginnen werde: sondern sie war wie ein zuversichtliches Kind, das eine schwere Aufgabe her zu sagen hat, aber auch weiß, daß es dieselbe kann. Das Spiel fing an. Die Kleine spielte es mit Freudigkeit und mit Sicherheit Theresa begleitete sehr bescheiden und half nur hie und da gelegentlich mit einem starken Striche aus. Da sie endeten, erhob sich ein rauschender, stürmender, tobender Beifall. Die kleine Künstlerin verbeugte sich freudig, wie eben ein Kind, das froh ist, daß es seine Sache gut gemacht hat. Ich dachte mir: du liebes Wesen, das Herz mit seinen Freuden und Leiden muß noch nicht in dir erwacht sein; die Töne sind dir nette, gute Dinge, aus denen man recht schöne Sachen machen kann – aber du erfuhrst es noch nicht, welch eine Seligkeit und auch welch eine Wehmut in ihnen liegen könne. – Theresa führte unter einem Beifallsjubel das mit Lob überschüttete Kind von der Bühne; nur in der Mitte wendeten sich beide noch halb um und verbeugten sich.

So endete das zweite Spiel.

Im dritten spielte Theresa etwas Heiteres, aber Anstandvolles. Ich könnte sagen: sie wand ihre starken goldenen Töne herrlich um die Häupter der Menge.

Dann spielten beide ein kurzes Duett, und dann wieder Theresa allein. Mir fiel jetzt mein Nachbar ein, den ich in der Tat ganz und gar vergessen hatte. Ich wußte nicht, ob er ein Kenner oder ein Freund der Musik sei, wir hatten, wie mir schien, von Musik früher nie gesprochen. Er war auch die ganze Zeit über so stille neben mir gesessen, er hatte mich nicht angeredet, er hatte sich nicht gerührt, so daß es begreiflich wird, daß ich, der ich so aufmerksam gegen die Dinge vor mir hingezogen wurde, auf ihn vergessen konnte. Jetzt sah ich ihn an – aber ich erstaunte und erschrak fast; denn es fielen ihm Tränen, eine nach der andern, Schlag auf Schlag, über die gefurchten Wangen herab. Dabei saß er starr und unbeweglich. Alle, die um uns herum, und alle, die schön geputzt in den Logen saßen, blickten gegen die Bühne hin und sahen ihn nicht. Ich aber war ein wenig unruhig, und meine Aufmerksamkeit war geteilt. Die Töne gingen vor uns fort, und die Musik war eine traurige. Seine Tränen wurden noch reichlicher, und meinem ihm zugewendeten Ohre war es fast vernehmlich, als seien sie in ein hörbares Schluchzen übergegangen. Ich fürchtete, ich würde ihn aus dem Theater fort bringen müssen; denn da jetzt das Spiel aus war, sahen auch die Augen anderer Menschen auf ihn hin. Aber er hielt sich fest. Die Tränen wurden nicht mehrere, eher weniger, und das Schluchzen wurde nicht hörbarer. Er sah hiebei nicht rechts und nicht links. 476

Theresa spielte noch etwas Einfaches, sehr Edles – dann war noch einmal ein ganz kurzes Duett – und dann war die Vorstellung aus.

Da nun die Menschen sich zum Gehen erhoben, da ein Teil derselben sich in Bänken und Gängen stellte, um den lärmenden Beifall fortzusetzen, so war es unter dem Gedränge leichter, meinen Nachbar fort zu bringen, da jetzt niemand weiter auf ihn achtete. Ich tat auch, als hätte ich nichts gesehen, und da er näher gegen das Ende der Bank gesessen war, ging er in der Menge vor mir her. Auf dem langsamen Wege bis zu dem Tore wurde nichts zwischen uns gesprochen, aber da wir in dem Wagen, den ich draußen herbei gerufen hatte, saßen, sagte er die Worte: »Ach, du unglücklicher Vater, du unglücklicher Vater!«

Da ich diese Äußerung durchaus nicht verstand, antwortete ich nichts darauf, und er sprach auch während des Fahrens nichts weiter. Als wir in unserem Gasthofe angekommen waren und ich eben den Fahrlohn für den Wagen bezahlte, ging er in sein Zimmer hinauf. Ich tat desgleichen, und begab mich nach einiger Zeit in das Gastzimmer hinunter, um noch etwas weniges zum Nachtmahle einzunehmen. Es saßen verschiedene Menschen da, worunter ich einige kannte, da sie ebenfalls Bewohner des Gasthofes waren und sich gewöhnlich zu den Versammlungsstunden in dem Speisesaale einzufinden pflegten. Wir sprachen verschiedene Dinge, unter andern auch von den Geschwistern Milanollo und ihrer heutigen Vorstellung, aber nur oberflächlich, wie es bei Reisenden oft gewöhnlich ist, die, wenn sie sich auf mehrere Augenblicke zusammen finden, gern einige flüchtige Worte wechseln. Mein Nachbar kam nicht zum Abendessen herunter. Ich blieb länger sitzen als gewöhn-

477 lich, teils weil ich müde war, teils weil die Eindrücke, welche ich empfangen hatte, nur nach und nach verschwanden.

Als ich von dem Speisesaale über den Hof zu meiner Wendelstiege ging, sah ich gegen die Fenster meines Nachbars hinauf, sie waren schwarz, und er hatte bereits sein Licht ausgelöscht. Ich stieg die Treppe hinan, und da ich, um zu meinem Zimmer zu gelangen, an dem seinen vorüber mußte, hielt ich unwillkürlich an der Tür etwas an; aber es war totenstille in dem Innern, und der Bewohner mochte wohl schon in tiefem Schlafe liegen.

Da ich mein Gemach aufgeschlossen und wieder zugeschlossen hatte, da ich mein Licht auf dem Nachttischchen entzündet hatte, da ich ausgekleidet war und in dem Bette lag: hatte ich erst die rechte Zeit und nahm mir die rechte Muße, über das Benehmen meines Nachbars nachzudenken. Es mußte mir in der Tat bedeutend auffallen, und ich konnte nicht anders, als mir Vermutungen darüber zu machen. Ich hätte in der frühern Zeit eher gedacht, daß der mittelgroße, hagere, blasse Mann durch Töne nicht gar leicht zu bewegen sein müsse; denn in dem Wesen desselben lag etwas Stilles, mitunter auch Trockenes, aber immer etwas, das sich nicht aufdringt, sondern eher in sich zurück tritt und verschließt. Daß wir ihn Paganini nannten, war mehr Schalkheit, durch die flüchtigste äußere Ähnlichkeit angeregt, als daß wir ihm diese Kunst zutrauten. Es boten sich mir drei Arten dar, sein heutiges Benehmen zu erklären. Entweder war er wirklich für Musik so empfänglich, daß das außerordentliche Spiel der Geschwister Milanollo auf ihn so wirkte, daß er nicht mehr Herr seiner Bewegung war und in die Tränen ausbrach, die wir an ihm sahen. Dann aber ist es nicht erklärlich, daß ich das nie früher bemerkt hatte; denn ungewöhnliche Empfänglichkeiten für ein Ding offenbaren sich meistens sehr bald, sei es durch die 478 Rede, welche der Empfängliche gerne auf das Ding hinlenkt, sei es ein wenn auch minder bedeutender Anlaß, der das Ding herbei führt und die Empfänglichkeit darlegt. Oder es mochte bei meinem Nachbar auch der zweite Fall sein, daß er nämlich zu jener Art Menschen gehört, die, ohne es zu wissen, eigentlich tiefes Gefühl haben, das nur außerordentlich schwer aufgeschlossen wird, aber, wenn es aufgeschlossen ist, desto stärker und nachhaltiger dahin strömt. An solchen Menschen gehen oft Töne, Farben und andere Gelegenheiten Jahre lang ohne Wirkung vorüber, wie Wasser über einen Felsen; aber von ungefähr werden sie durch einen Anlaß von ihrem unbekannten Innern ergriffen, daß sie seiner

Gewalt, die sie überkommt, gar nicht zu steuern wissen, ihr wie Kinder ohne Hilfe hingegeben sind und ihre Ratlosigkeit vor aller Welt offenbaren müssen. Solche Menschen werden von ihren Gefühlen viel stärker erschüttert als andere, die ihr Herannahen merken und tausend kleine Waffen dagegen in Bereitschaft halten. Aber auch gegen diesen zweiten Fall streitet der sonderbare Ausruf, den mein Nachbar im Wagen machte: ›Unglücklicher Vater, unglücklicher Vater.‹ Dieser Ausruf stimmt mit bloßer, wenn auch starker Erregung durch schöne Darlegung einer außerordentlichen Kunst nicht überein. Es bleibt daher der dritte Fall über, daß nämlich in dem Leben dieses Mannes, der jetzt in dem Zimmer neben mir einsam schläft, irgend unbekannte Verhältnisse sein mögen, die in Beziehung und Verbindung mit dieser Musik die Erregung so stark machten, daß er sie von Menschen weg in Verborgenheit trug und sich nicht mehr die wenigen Bissen Essen gönnen konnte, die er gewöhnlich zu seinem Abendmahle einnahm.

Ich beschloß daher, mir von der Sache gegen ihn gar nichts merken zu lassen und ihrer, wenn er nicht selber etwas sagte, nicht zu erwähnen.

479

Ehe ich einschlief, dachte ich auch noch an die mir so lieb gewordene Theresa. Es ist also nicht, wie ich anfangs gefürchtet hatte, bloße außerordentliche Fertigkeit an ihr, sondern sie versteht, empfindet und erschafft das Gespielte. Aber auch so wollte ein Mitleid, und zwar noch ein innigeres, meine Seele um sie beschleichen. Wenn sie sehr oft in solchen heißen Gefühlen ist, so wird ihr Leben darunter ermatten und ihre Zukunft gefährdet sein. Dies ist jederzeit der Fall, und wenn die Selbstschöpfungen gar gewaltig aus dem noch jungen, weichen und hilflosen Herzen kommen, so muß dasselbe gleichsam wie in einem Samum welk werden. Aber, dachte ich wieder, sie wird schon stark und frei sein, daß sie das Gefühl ihrer Kunst ertragen kann, daß sie auch die anderen Dinge der Welt sieht und mit gesunden Augen durch das Leben geht. Oder vielleicht wird sie durch die Wiederholung und durch die Bekanntschaft mit ihren Wirkungen weniger angegriffen als wir, die wir von der Neuheit und von der Plötzlichkeit getroffen werden. Aber der Künstler kann andererseits nur allein die zarten Tiefen des Kunstwerkes, in das er sich versenkt, ergründen, und muß ihnen die Seele hingeben: während wir bloß von der Allgemeinheit der Sache überkommen werden und nur die Allgemeinheit des Gefühles mit nach Hause tragen.

Wer kann das wissen, und wer kann das ergrübeln?

Unter diesen Gedanken war nach und nach der Schlummer, dessen ich heute so bedurfte, über mich gekommen. Ich löschte mein Licht aus, und in wenigen Augenblicken waren beide Welten, die äußere und die meiner Gedanken, verschwunden.

Als ich am andern Tage viel später als gewöhnlich, weil ich spät einschlief, erwachte, als ich mich angekleidet hatte, in den Speisesaal hinunter gegangen war und um meinen Nachbar, an dessen Tür ich ein Vorlegschloß gesehen hatte, gefragt hatte, hieß es, daß er sehr früh
480 ausgegangen war, ohne eine Nachricht hinterlassen zu haben, wann er wieder kommen werde. Ich ging nun ebenfalls an meine Geschäfte und kam nicht eher als um die gewöhnliche Speisestunde nach Hause. Da ich in den Saal trat, sah ich ihn schon an unserem Tische sitzen und setzte mich zu ihm. Es waren mehrere Menschen an dem Tische, die gewöhnlich um diese Stunde zu kommen pflegten; mein Nachbar erwähnte des gestrigen Tages nicht. Als wir nach Tische, wie häufig, einige Minuten in unseren Zimmern allein waren, sagte er auch nichts, und ich, meinem Vorsatze getreu, schwieg ebenfalls.

Nach diesem Ereignisse ging ich noch öfters, um die Geschwister Milanollo zu hören. Ich habe aber meinen Nachbar nie dazu eingeladen, und er hatte mich in jener Zeit auch nie gefragt, wo ich gewesen sei. Von den beiden Mädchen war zwischen uns nicht mehr die Rede.

Er lebte so stille und einfach fort, er war gefällig und zuvorkommend, wenn auch schweigsam und versunken. Ich bereute es in meiner Zartfühligkeit, daß ich ihn einmal schlechtweg bloß seines schwarzen Frackes und seiner blassen Gesichtsfarbe halber Paganini geheißen habe. Ich nahm mir mit festem Ernste vor, nie mehr einem Menschen auf Geratewohl einen Spottnamen zu geben, weil ich mit ihm später besser bekannt werden und einsehen konnte, wie wenig er ihn verdiene.

Wir blieben noch immer in unserem Gasthofe. Er ging alle Tage unverdrossen und, wie es mir schien, immer eifriger seinen Geschäften nach. Mein Bittgesuch, so langsam es sich auch förderte, ging doch seinen Weg, ich hatte alle Gänge, die dafür zu machen waren, gemacht, hatte sie wiederholt und konnte jetzt nichts weiter tun als ruhig abwarten, wie die Sache ausgehen werde. Nur die Anfragen, auf welcher Stelle seiner Laufbahn das Ding jetzt sei, konnten von Zeit zu Zeit gemacht werden.

481 Die Schwestern Milanollo waren indessen abgereiset. Die Tagesschriften, welche von ihnen voll gewesen waren, hatten allgemach aufgehört,

von ihnen zu reden, die Gespräche, in denen sie eine Rolle gespielt hatten, waren verstummt, das heißt, sie handelten jetzt von etwas anderem. Nur manches verspätete Gedicht machte sich noch in der einen oder andern Spalte einer Zeitschrift gelten, und in manchem Gespräche guter Freunde, wenn eben von Musik die Rede war, wurde noch ihr Name genannt. Ich habe immer und jederzeit, wenn sich Gelegenheit dazu gab, meine tiefen Gefühle über ihr Spiel offen dargelegt, nur wenn mein Nachbar zugegen war, mied ich eher die Gelegenheit, daß er nicht auf jenen Abend erinnert würde. Endlich kam die Zeit, wo man, so sehr man sie gefeiert hatte, doch nicht mehr eigens von ihnen sprach, sondern nur, wenn sich zufällig die Gelegenheit dazu ergab. Daß etwas der Stoff des allgemeinen Gespräches einer sehr großen Stadt sei, muß es sich eben zugetragen haben und muß Aufsehen erregen. Und gerade in großen Städten trägt sich immer etwas zu, und macht von Zeit zu Zeit etwas Aufsehen. Darum sind die Tagesgespräche so wandelbar. Wie lange das Kinderpaar in dem Gedächtnisse ihrer Freunde und Verehrer fortgelebt haben mag, kann ich nicht erörtern, und es liegt nicht innerhalb der Grenzen dieser Geschichte.

Mein Nachbar und ich waren noch immer in Wien. Er wurde später sogar krank, und bei der großen, sonderbaren Scheu, die er gegen jedes Hospital an den Tag legte, lag er auf seinem Zimmer neben dem meinen darnieder, und hatte einen Arzt und eine Wärterin, sonst aber niemanden. Ich ging daher häufig, wenn es meine Zeit zuließ, zu ihm hinüber, redete mit ihm, erzählte ihm die Tagesbegebnisse, was an der Wirtstafel gesprochen worden sei, wer abgereiset und neu angekommen wäre – ich gab ihm auch zuweilen Arznei ein, richtete ihm die Kissen, und erfuhr bei dieser Gelegenheit, wie bitter mager der Mann sei, wenn er so [482] den Arm heraus streckte, um etwas zu fassen, oder wenn er etwa das Knie gegen die Decke stemmte und eine sehr spitzige Pyramide machte. Er lag den ganzen Tag ruhig, es kam kein Mensch zu ihm, und man wußte auch gar nicht, welche Angehörige er habe; denn man sah ihn nie Briefe empfangen oder schreiben.

Endlich wurde er wieder nach und nach gesund, und ging in seinem schwarzen Fracke aus, wie er vor der Krankheit ausgegangen war, nur daß man ihm das überstandene Übel ansah.

Seine Abreise, wie er sagte, näherte sich nun heran. Er mußte seinen Prozeß verloren haben, weil er noch düsterer und noch trauriger aussah.

Eines Tages kam er nach dem Mittagsessen zu mir herüber und sagte, daß er abends nach sechs Uhr mit dem Postwagen abreisen werde. Er frage mich daher, ob er mich kurz vor jener Stunde treffen könne, um von mir Abschied zu nehmen. Ich antwortete ihm, daß ich den ganzen Nachmittag zu Hause bleibe, und daß ich ihn sogar, wenn er es erlaube, bis zu dem Postwagen begleiten werde. Er nahm es gerne an, und ging wieder in sein Zimmer zurück. Von den Schwestern Milanollo hatte er richtig bis hieher kein Wort gesagt.

Am Nachmittage hörte ich ihn viel hin und her gehen; er mußte einpacken, was er selber tat, weil er nie einen Diener gehabt hatte. Ein wenig nach vier Uhr, da ich eben bei meinem Fenster hinaus sah, sah ich einen Träger einen ledernen Koffer und zwei Handsäcke von der Wendeltreppe herab über den Hof fort tragen, die ich als die seinigen erkannte. Von nun an war es in dem Zimmer neben mir stille.

Eine geraume Zeit nach fünf Uhr ging ich zu ihm hinüber und fragte, 483 wann er gehen wolle; ich sei bereit, ihn zu begleiten.

»Ich werde gleich gehen«, antwortete er, »und wenn Ihr Zeit habt und Euch die Mühe nehmt, mich bis zu dem Postwagen zu begleiten, so freut es mich sehr.«

Bei diesen Worten steckte er noch Verschiedenes zu sich und warf verschiedenes Unbrauchbare weg.

»Ich bin noch Euer Schuldner«, sagte er dann, indem er etwas in ein Papier Gewickeltes, das auf dem Tische lag, nahm und es mir einhändigte.

»Wofür?« fragte ich.

»Ich habe vergessen, Euch damals meinen Anteil an den Sitzen und an dem Wagen zu bezahlen, als wir in dem Theater in der Josephstadt waren«, antwortete er.

»Ist es das?« sagte ich, »das ist ja so wenig, und es wäre von keinem Belange gewesen, wenn Ihr ganz und gar darauf vergessen hättet.«

»Muß doch berichtet sein«, antwortete er.

Ich steckte das Papier, ohne seinen Inhalt zu untersuchen, zu mir und verfolgte die Sache nicht weiter.

Er war indessen fertig geworden und sagte: »Ist es gefällig?«

Ich wandte mich zum Gehen, er zog noch flüchtig die Lade des Schreibtisches heraus, um zu sehen, ob er nichts vergessen habe, und wir schritten zur Tür hinaus. Es war sonderbar, es fiel mir schwer auf, obwohl ich mit dem Manne nie in einer eigentlich näheren Verbindung gewesen war, daß er nun gehe und, als wir das Zimmer verlassen hatten, die Schlüssel an der Tür stecken ließ, wo bisher immer, wenn ich in seiner Abwesenheit vorbei ging, ein festes, nettes Vorhängschloß angelegt war. Als wir in den Hof gekommen waren, sagte er der Magd, die wir dort sahen, und der gewöhnlich das Zimmerfegen oblag, daß er nun reise, daß die Schlüssel stecken, und daß sie über das Zimmer verfügen könne.

Wir schritten nunmehr bei dem Tore hinaus. Auf der Gasse sagte er zu mir: »Ich danke Euch noch einmal sehr freundlich für die Güte und Aufmerksamkeit, die Ihr in meiner Krankheit für mich gehabt habt. Ihr seid ein guter, gefälliger Mensch, vielleicht treffen wir uns auf dieser Welt noch einmal irgend wo wieder.« – »Wo wohnt Ihr denn?« fragte ich ihn. »Ich habe bisher in Meran gewohnt«, antwortete er; »wo ich in Zukunft wohnen werde, weiß ich noch nicht. Wenn Ihr aber einmal nach Meran kommet, dürft Ihr nur nach mir fragen, und man wird Euch dann meinen Aufenthaltsort schon sagen. Oder wenn Ihr mir Euren Wohnort nennet, so kann ich Euch auch einen Brief schreiben, worin ich Euch anzeige, wo ich sein werde. Wenn Ihr dann einmal in die Nähe kommt, so geht Ihr zu mir. Ich werde gewiß eine große Freude haben, Euch zu sehen.«

»Und ich gewiß auch«, antwortete ich.

Ich nahm nach diesen Worten eine Namenskarte aus meinem Taschenbuche, schrieb mit starker Bleifeder meine Wohnung auf die Kehrseite und sagte: »Unter dieser Aufschrift wird mich ein Brief von Euch zu jeder Zeit des Jahres finden.«

Er nahm die Karte und tat sie in seine Schreibtafel.

Nun gingen wir schweigend neben einander her, entweder weil wir wirklich nichts zu reden wußten, oder weil wir gespannt waren. Endlich, gleichsam um das kleine Stück Weges, das wir noch bis zur Post hatten, auszufüllen, tat er die Frage: »Seid Ihr schon einmal in Italien gewesen?«

»Es war wohl schon seit Jahren mein sehnlichster Wunsch, dieses merkwürdige Land zu sehen«, antwortete ich, »aber meine Verhältnisse gestatteten es bisher immer nicht, den Wunsch zu verwirklichen. Indessen gebe ich ihn nicht auf, und wenn einmal eine Zeit kommt, in der es mir möglich ist, eine große Reise zu machen, so ist Italien das Land, in welches ich sie unternehme.«

»Tut das ja«, sagte er, »es wird Euch gewiß nicht reuen.«

Mit diesen Worten waren wir an der Post angekommen und gingen bei dem großen Tore hinein. Der Innsbrucker Wagen war schon angespannt.

»Nun lebet wohl«, sagte er, »ich danke Euch für die Begleitung, und ich danke Euch auch noch einmal für alles andere, was Ihr mir getan habt, und grüßet unsere Mittagsgäste recht schön.«

»Lebet wohl«, antwortete ich, »und reiset glücklich.«

Somit war der Abschied vollbracht. Er ging an den Wagen und schaute bei allen Fenstern hinein; allein da er ziemlich spät gekommen war, saßen überall schon Reisende von verschiedener Gattung darinnen: dicke und dünne, schnurrbärtige und backenbärtige, mit Tabakspfeifen und Augengläsern versehene – nur in dem hintern Gelasse, bei einer Frau mit Reisesäcken und Fächern, war ein Plätzchen erübrigt – sein Mantel, den er voraus geschickt hatte, lag neben den hintern Rädern auf der Erde, er hob ihn auf und tat ihn um – auf der Wagendecke war man mit Schnüren und Zubinden fertig geworden, man packte den armen alten Mann, wie es gehen wollte, ein und fuhr mit ihm davon.

Ich blieb noch eine Weile auf der Gasse vor dem Posthause stehen und sah dem Wagen nach, so weit ich ihn erblicken konnte. Die Ecke der nächsten Gasse verdeckte ihn aber bald. Hierauf ging ich in eine Gesellschaft von jungen Männern, die ich kennen gelernt hatte, die sich jede Woche an einem bestimmten Tage versammelten, und die mich hiezu eingeladen hatten. Es war eben der Tag, und wir saßen ziemlich lange beisammen und redeten von den verschiedensten Dingen der Welt.

Am andern Tage stand ich auf und ging wieder meinen Geschäften nach.

Es ist unglaublich, aber es ist doch so: der alte Mann, der fort gefahren war, ging mir sehr ab. Zum Zimmernachbarn hatte ich einen Fruchthändler bekommen, der immer mit den Fingern sehr schnalzte, wenn er über die Wendeltreppe hinab ging. Er war zugleich so dick, daß man auf der Stiege nicht an ihm vorbei konnte, sondern, in einen Gang oder unter eine Tür gestellt, ihn vorüber lassen mußte.

486

Ich war noch ziemlich lange an Wien gebunden. Endlich wurde meine Bittangelegenheit doch entschieden, und zwar gegen meinen Wunsch. Der Fruchthändler war schon lange abgereist, ich hatte nach einander wohl fünfzehn verschiedene Zimmernachbarn gehabt, und jetzt, da ich meinen lang ersehnten Bescheid in die Hände bekam, packte ich meine Sachen zusammen und fuhr ebenfalls davon.

3. Reisebesuch

Ihr wißt alle, meine teuren Freunde, wie ich von jeher ein Kind des Zufalles gewesen bin. Zuerst ist schon meine Erziehung ein Zufall gewesen; denn nach dem Tode meiner vortrefflichen Mutter, welche der Meinung war, daß man das Herz und Gemüt vorzugsweise zu größtmöglichster sittlicher Vollkommenheit ausbilden müsse, kam mein Vater an die Reihe, der früher wegen seiner vielen Geschäfte nicht im Stande gewesen war, sich um mich zu bekümmern, der aber im allgemeinen den Plan meiner Mutter vollständig gebilligt hatte. Er wollte auf die Grundlage des Gefühles nun auch die wissenschaftliche Ausbildung setzen. Aber er starb ebenfalls in dem ersten Jahre. Nach ihm übernahm mein Oheim, der Bruder des Vaters, die Erziehung. Dieser verwarf alles, was nicht nach seinem Ausdrucke praktisch war. Praktisch war aber dasjenige, das er dafür erklärte. Ich mußte nun immer arbeiten, das heißt, wie er selber sagte, etwas hervor bringen. Das Hervorgebrachte aber mußte ein Sichtbares und Greifbares sein, das dem Staate und der menschlichen Gesellschaft nützte. Er teilte mir Lehrer und Gehülfen zu, 487 die selber arbeiteten und mich zur Arbeit anleiteten. Die Einbildungskraft und alles, was mit ihr zusammenhängt, nämlich alle Kräfte, die zur Ausschmückung und Ergötzung des Geistes dienen, hielt er strenge darnieder. Ich bin selber der Meinung, daß das heitere und freie Spiel jener Kräfte, die so schön und lieblich in der menschlichen Seele liegen, in Verbindung mit einer Tätigkeit, wodurch das irdische Gut für den einzelnen und so auch für die Gesellschaft hervorgebracht wird, den Menschen ganz und völlig erfüllt und glücklich macht; aber ich konnte beides zusammen nie erreichen, sondern immer nur eines allein; denn als ich aus der Erziehung des Oheims entlassen war, weil ich nun selbstständig in seiner Richtung vorwärts gehen konnte, tat ich es nicht. Ihr wißt, wie sich lange niedergehaltene Kräfte rächen. Ich gab mich nun, da ich frei war, dem Zuge meiner Einbildungskraft und den Anregungen meiner sinnenden Kräfte unbedingt hin. Ich ließ die schönen Künste und allerlei Schwelgereien der Gefühle ohne Maß auf meine Seele wirken. Wenn mir damals ein hochherziges, edles, starkes, tief fühlendes Wesen entgegen getreten wäre, das aber auch im Schaffen und Wirken tüchtig gewesen wäre, daß sich die Fülle der Habe und Wohnlichkeit ergieße: ich glaube, ich hätte es nicht erkannt, und gewürdigt. – Jetzt, da die Geschicke es weigern, könnte ich es wohl.

So wurde ich also durch Zufall, da ich meine Kräfte abgesondert und einseitig übte, ganz das Entgegengesetzte von dem, was meine Erziehung bezweckte. Was weiter kam, war die natürliche Folge davon.

Im kleinen war es ja auch ein Zufall, daß ich einmal mit den Schwestern Milanollo in einem Wagen fuhr, ohne sie zu kennen, und daß ich dann mit einem meiner damaligen Reisegenossen wieder zusammen traf und sie mit ihm hörte.

Noch mehr aber wirkte der Zufall später, da ich mich von meinem Zimmernachbar in der Dreifaltigkeit getrennt hatte.

Ich wollte damals, als ich in Wien war, durch die vielen Verbindungen, die ich meinem Vater verdankte, eine Stelle erringen, die ich meinen Fähigkeiten angemessen erachtete; denn das ohnehin nicht große Vermögen von meinen Eltern sah ich durch mein schlenderndes Leben sich nach und nach dem Ende zuneigen. Ich hatte große Versprechungen und zehrte durch den langen Aufenthalt in der großen Stadt noch einen Teil von Zeit und Geld auf. Da erhielt ich den abschlägigen Bescheid und reiste nach Hause. Es war die äußerste Zeit, irgend etwas fest zu setzen. Nun fing ich sofort an, durch außerordentliche Tätigkeit und durch sehr geschickte Berechnungen, welch beides ich von meinem Oheime gelernt hatte, mir im Handel ein Vermögen zu erwerben. Ich hatte den Plan, mir mit demselben, wenn es einmal groß genug wäre, ein recht nettes Häuschen mit einer Landwirtschaft zu meinem künftigen Lebensunterhalte anzuschaffen, freilich, um wieder träumen zu können. Zu meinen Berechnungen, deren Stoff ich mir mühsam durch stetes Herumfragen und Reisen erworben hatte, trafen noch glückliche Umstände hinzu, die niemand ahnen konnte, die mein Oheim selber nicht ahnte, und die machten, daß ich mein Ziel viel früher erreicht hatte, als ich dachte. Ich kaufte das Häuschen, und da ich es eingerichtet hatte, da um das ganze Besitztum eine Einfriedigung lief, da ich die Bearbeitung meiner Grundstücke begann: machte ich eine Erbschaft, in welcher das alles viel reicher und schöner vorhanden war, als ich es mir je hätte einbilden können. Eine Tante, die älteste Schwester meiner Mutter, die mich einmal als Kind lieb gehabt hatte, die nach dem Tode ihres Gatten, eines reichen Mannes, einsam gelebt hatte, und dem Anscheine nach allmählich, ohne daß man die Ursache wußte, in tiefe Armut versunken war, war mit Hinterlassung eines bedeutenden Reichtumes gestorben. Sie hatte schon seit Jahren in einem kleinen Stübchen gelebt und sich nur mit dem Notdürftigsten genährt und gekleidet. Sie nahm von der Familie nie etwas an, und wurde im Laufe der langen Zeit von uns fast vergessen, als wäre sie gar nicht mehr vorhanden gewesen. Ein großes, äußerst reizendes Anwesen, welches ein Anwalt, der in ihrer Stadt lebte, bewirtschaftete, gehörte zu ihrem Eigentume. Er verwaltete es nur unter der größten Verschwiegenheit, daß niemand wisse, daß sie Vermögen habe, und sie etwa in ihrer Abgeschiedenheit überfalle und ermorde. Dieses Besitztum, welches die Tante Treulust nannte, obwohl das nahegelegene Dorf Reutschlag hieß, und wohin sie trotz der großen Entfernung von ihrer Stadt jährlich einmal im tiefsten Geheimnisse fuhr, hatte sie mir nebst einer beträchtlichen Summe Geldes, das zur ersten Einrichtung dienen sollte, als Erbteil hinterlassen. Die Söhne meines Oheims bekamen als bloße verschwägerte Glieder der Familie jeder nur ein kleines Vermächtnis, und alles übrige, dessentwillen sie so bitterlich gedarbt hatte, das sie durch lange Jahre und ungeheure Mühe zusammen gebracht hatte, wurde milden Stiftungen zugewandt, und zwar nur solchen, die werktätig zur Linderung menschlichen Leidens eingreifen. Das war der Zweck ihres Lebens gewesen. Das Testament meiner Tante hatte ein außerordentliches Aufsehen gemacht, teils der Willenskraft wegen, die mit einer solchen Verfahrungsart verbunden ist; teils des Gegensatzes wegen, da nach vermuteter Armut ein solcher Reichtum zum Vorscheine gekommen war. Bloß Treulust hatte für sie eine Schwäche dieses Lebens abgegeben: sie hatte den Sitz mit vieler Freundlichkeit und mit einem Geschmacke ausgestattet, den man der alten, herben Frau nicht zugemutet hätte, sie ließ das Besitztum immer (490) im besten Baustande und Betriebe sein, und gab es endlich dem einzigen blutverwandten Wesen, das sie noch auf der Erde hatte, zur Erbschaft. Ich reisete, als mir diese Dinge durch die Gerichte bekannt gemacht wurden, nach meinem neuen Eigentume, fand es unendlich herrlicher als mein altes, verkaufte daher alles, was ich mir mit so vieler Mühe und so vielem Fleiße zusammengerichtet hatte, und übersiedelte mich in meine neue Wohnstätte.

Ich hatte in meinen früheren dürftigen Zeiten ein sehr schönes Mädchen gekannt. Ich weiß nicht, ob ich es liebte, was man lieben nennt; jenes Lodern, Leiden und Sprudeln, was ich an meinen Freunden sah, wenn sie liebten, war nicht in mir; aber ich hatte es sehr gerne, wenn ich die schöne Mathilde sah und mit ihr sprechen konnte. Ich näherte mich ihr, zeichnete sie aus und gestand ihr einmal meinen Wunsch, ihr näher angehören zu wollen. Sie war nicht abgeneigt und sagte, daß sie gerne einwillige, wenn ich nur so viel habe, eine Gattin den Verhältnissen gemäß erhalten zu können. Ich hatte mir eben damals mein erstes Besitztum erworben, und legte ihr dessen Beschaffenheit vor. Sie erwiderte, es möchte doch vielleicht noch zu wenig sein. Als ich Treulust erhalten hatte, war freilich alles zu spät; denn die schöne Mathilde war bereits mit einem Schloßbesitzer, der in einiger Entfernung wohnte, vermählt. Ich war verdrüßlich, war übel gestimmt, und beschloß, wenigstens jetzt allein zu bleiben und meinen Kohl zu bauen.

Ich begann es auch, und die Sache fügte sich nach und nach zusammen.

In jener Zeit dachte ich wieder an die Schwestern Milanollo. Wenn ich nämlich manchmal abends, da meine Leute etwa gar schon zur Ruhe gegangen waren, oder hinten an den Wirtschaftsgebäuden saßen und 491 plauderten, einsam in meiner grünen Stube saß und nichts um mich war als die schönen Kupferstiche, die ich von der Tante geerbt hatte, nahm ich gerne meine Geige aus ihrem Fache und geigte mir etwas vor. Ich hatte nämlich in jener Zeit, als ich meinen Träumereien gelebt hatte, die Geige spielen gelernt und hatte manche Stunde mit meinem Meister vergeigt. Aber so schön wie Theresa geigte ich weder damals mit meinem Meister noch jetzt in meiner grünen Stube, obwohl ich eine aus alter Zeit stammende Cremoneser Geige besaß und mir die besten Saiten kommen ließ, die auf der Welt zu haben waren.

Wir hielten damals unser vier Mitglieder zwei politische Zeitungen, nämlich der Dechant zu Blumenau, der Forstmeister zu Olshag, der Schulmeister meines Dorfes und ich, da wir aber auch alle viere die Geige spielten, so wurde einmal, als wir uns bei einer Kircheneinweihungsfeier trafen, verabredet, daß wir alle Monate wenigstens einmal bei mir zusammen kommen und ein Quartett einrichten wollten. Das Ding geschah und kam bald in den Gang. Wir übten uns in wenigen der bekannteren Tonsetzer, und spielten gewöhnlich zuerst aus Haydn, dann aus Mozart, und endlich aus Beethoven. Wenn nun meine Mitspieler sehr zufrieden waren und sagten, die Kirchenmusik in Blumenau und in Stromberg sei lange nicht so gut als unsere Aufführungen, und die toten Meister könnten sich in ihrem Grabe freuen, daß sie so verehrt würden, und daß wir sie doch so gut vortrügen; dann dachte ich: ihr habt nie so gut spielen gehört wie ich, und mögt euch immerhin freuen, ich kann es nicht. Ich ließ sie gewähren und verschwieg meine Gedanken. – Unsere Lust an der Sache ermattete aber endlich ein wenig, und die monatlichen Quartette schrumpften zu vierteljährigen ein, die wir aber auch da nicht immer abhielten, außer wir schickten uns eigene Einladungsbriefe dazu. Am Ende kam alles in Vergessenheit.

So waren mehrere Jahre vergangen, die ich mit Einrichtungen in Treulust verbrachte. Da dachte ich wieder an meine italienische Reise. Ich konnte sie jetzt mit Bequemlichkeit machen. Meine Verhältnisse waren geordnet, ich hatte nichts zu erbauen, ich hatte keine Veränderungen vorzunehmen, und ich hatte keine Hoffnungen, die erfüllt werden sollten. In Tirol lebten zwei Freunde von mir, die mich beständig zu sich einluden. Der eine derselben hatte eine Musterwirtschaft, die schon oft von Reisenden und Zeitungen gelobt worden war. Ich konnte sie besuchen, dann weiter durch Südtirol gehen und bei dieser Gelegenheit auch in Meran nach meinem alten Reisefreunde fragen; denn der Brief, den er mir über seinen neuen Wohnort zu schreiben versprochen hatte, war nie angekommen. 492

Ich machte wirklich in Folge dieser Gedanken im Winter meine Vorbereitungen. Ich machte sie freilich nicht mit jener großen, freudevollen Hoffnung, wie ich sie vor mehreren Jahren gemacht hätte, wo mir mein Reiseziel noch so hold vorschwebte und es an allen Mitteln gebrach. Ich weiß nicht, war ich nun um eben diese Jahre älter geworden, oder hatte ich mich so in mein Besitztum hinein gelebt, daß das Fortgehen davon schwerer war als früher alle Reisen, wo ich eigentlich zwar immer irgend wo wohnte, aber nirgends zu Hause war. Indessen machte ich meine Anstalten doch noch immer mit gehöriger Lust, und besonders war es wohltätig, daß jetzt alle Mittel dazu vorhanden waren, die damals gänzlich gefehlt hatten.

Ich war gegen Anfang des Frühlings mit meinen Vorrichtungen fertig, und an einem sehr schönen Morgen fuhr mich mein Altknecht mit meinen liebsten Braunen, die ich ihm während meiner Abwesenheit recht auf die Seele band, auf einem Feldwege der nächsten Post zu.

Mein Plan war folgender: ich wollte erst in den Frühlingstagen reisen, um sie zu genießen. Eine kleine Zeit wollte ich bei meinen Freunden in Tirol zubringen, dann während des Sommers in Oberitalien verweilen. Gegen die mildere Herbstzeit zu wollte ich dann südlicher gehen, den Winter in Rom und den Sommer im Albanergebirge zubringen. Endlich 493 wollte ich nach Neapel reisen, und im Winter dort, im Sommer aber auf Capri wohnen. Hiebei würde ich einmal Sicilien besuchen. Der dritte Winter würde in Florenz verlebt, und der nächste Frühling darauf würde mich wieder in der Heimat sehen.

Ist die Reiselust dann gelöscht, dachte ich, so bleibe ich zu Hause, erwacht sie wieder, so besuche ich dann andere Länder, da ich ja in meiner Behausung nichts zurück lasse, das sich nach mir sehnt.

Auf der Post nahm ich von meinem Knechte und von den Pferden Abschied, ließ alle meine Leute grüßen, trug ihnen genaue Obsorge über das Hauswesen auf, und fuhr dann, da mein Gepäcke indessen umgepackt worden war, in die fremden Länder hinaus.

Ich rückte nun an Berg um Berg, an Tal um Tal vorüber. Die Reise übte, wie es jede an dem Menschen tut, einen sehr wohltätigen Einfluß auf mich aus. Das gleichmäßige Einerlei, in welches mich das ewige Betrachten des Getreidewachsens versetzt hatte, milderte sich und erfüllte sich nach und nach mit den Mosaikstücken grüner Berge, weißer Städte, leuchtender Landhäuser, und vermannigfaltigte sich durch die tausend fremder Angesichter, die mir begegneten, fremder Trachten, die ich sah, und durch das fröhliche und seltsame Gewimmel, das die unzähligen Menschen dieser Erde treiben müssen, um dem Tage das Leben abzugewinnen, und dieses Leben dann doch wieder in der Schnelle zu vergeuden.

Es ist ein großer, sonderbarer Anblick, dieses merkwürdige Geschlecht im ganzen zu überschauen – wie es sich immer und immer geändert hat und immer zu größerer Vollkommenheit zu gehen vermeinte. Wie
494
mag es in den Millionen künftiger Jahre sein, wohin unser befangener Blick nicht zu dringen vermag – wer kann es wissen? Wenn man mit seinem Fühlen und Denken außer der Gegenwart steht und von ihr nicht fortgerissen wird, so hastet alles in Unruhe, in Begehren und in Leidenschaft vorüber – manches schöne, edle Herz lächelt uns an, daß man es liebt und an sich drücken möchte, aber es geht auch vorüber; – – wenn man dann die Natur betrachtet, wie die Geselligkeit der Pflanzen über alle Berge dahin liegt, wie die Wolken ziehen, wie das Wasser rieselt und das Licht schimmert – welch ein Treiben jenes, welch ein Bleiben dieses! Durch die Natur wird das Herz des Menschen gemildert und gesänftigt, durch das Wogen der Völker, sobald man einen tieferen Geist hinein zu legen vermag, wird es begeistert und erhoben. Da ich immer ein einzelner war, der nicht hatte, was er lieben oder hassen

konnte, lernte ich die Menschen in der Weltgeschichte kennen. Da waren sie anders, als sie sich immer in der nächstberührenden Welle geltend machen möchten. Was die Gegenwart oft als ihr Höchstes und Heiligstes hielt, das war das Vorübergehende: was sie nicht beachtete, die innere Rechtschaffenheit, die Gerechtigkeit gegen Freund und Feind, das war das Bleibende. Was ein Redner, von dem bloßen Teile eines Ganzen ergriffen, seinen Zeitgenossen heftig predigte, ist in den folgenden Geschlechtsräumen anders, weit anders gekommen.

Mit diesen Gedanken fuhr ich die Straße des schönen Tirols hinan und ließ diese Berge und Lasten auf mich einwirken, zwischen denen die Menschen herum gehen und wie überall, während sie wähnen, nur für die nächsten Bedürfnisse zu sorgen, den Bau der Zukunft aufbauen. Und je nach der Güte oder Zerworfenheit der Gegenwart wird dieser Bau auch dauernder oder hinfälliger. Ich fuhr durch das lange Inntal und lenkte dann in das Pustertal ein. Ich hatte den einen meiner Freunde besucht und war eine Woche bei ihm geblieben. Die Zeit [495] wurde verbracht, indem wir teils schöne landschaftliche Stellen besuchten, teils mit seinen Freunden zusammen kamen, teils die Land- und Alpenwirtschaft dieses Volkes besahen. Dann reisete ich wieder weiter und kam zu dem andern, der den berühmten Hof hatte. Ich blieb drei Wochen bei ihm. Ich schaute alles an, was da war, ich betrachtete die Arbeiten, ich ließ mir erzählen, und fertigte ein Buch an, in welches ich alles eintrug, was ich mir merken wollte. Mit der schönsten Erinnerung und mit dem Bilde eines edlen Mannes – denn in früheren Zeiten hatten wir uns doch nur sehr oberflächlich gekannt – verließ ich das Haus und wandte mich nach dem südlichen Tirol.

Es gingen noch duftblaue Berge, glänzender Firn, dunkelnder Wald und grünes Gelände an mir vorüber. Über manchen rauschenden Bach mußte ich fahren, und an mancher freundlichen Häuserreihe mußte ich vorbei, bis ich eines Abends in Meran einzog.

Es waren sehr viele Fremde in dem Orte, die sich gewöhnlich im Sommer einfinden, um die ungemeinen Reize der Gegend zu genießen. Im Herbste, sagte man mir, kommen meistens noch mehrere, weil sie da eine Traubenkur zu gebrauchen pflegen.

Ich fragte, da ich nun da war, bei meinem Gastwirte um Franz Rikar, so hieß nämlich mein ehemaliger Zimmernachbar.

»Dieser Mann«, antwortete der Wirt, »ist schon sehr lange nicht mehr in Meran, er hat sich sehr einschränken müssen, es geht ihm sehr schlecht, und er hat sich an die Ufer des Gardasees zurück gezogen, wo er geboren ist.«

Als ich um den Ort fragte, sagte er, den wisse er nicht genau, wenn es aber nicht Riva sei, so müsse es ganz gewiß in der Nähe sein.

496 Als ich des Abends ein wenig in dem Städtchen herum ging, um es mir anzuschauen, fragte ich auch noch andere Leute, und erhielt fast überall die nämliche Antwort, nirgends aber eine genauere.

Da ich diese Sache erfahren hatte, kam mir der Gedanke, den alten Mann nach Treulust zu schaffen. Er könnte, dachte ich, dort recht gut leben; ich bin ganz allein, er könnte unbeirrt sein, er könnte etwas tun, oder auch nicht; wenn ich zurück käme, könnte ich mit ihm reden und umgehen; vielleicht gewinne ich ihn gar lieb, kränke mich um ihn, wenn er krank wird, pflege ihn, und weine um ihn, wenn er stirbt.

Dieser Gedanke und dieser Beschluß änderten meine bisherige Reiserichtung, ich ließ von dem Wege, den ich nach Mailand verfolgen wollte, ab, ließ meine Sachen auf ein eigens gemietetes Fuhrwerk packen, und fuhr in demselben am andern Tage morgens auf dem nächsten Wege nach Riva zu. Ich beschloß, den Mann mit den nötigen Schriften und mit Geld zu versehen, ihn auf den Weg nach Treulust zu geben und dann meine Reisepläne wieder weiter zu verfolgen.

Als ich in Riva angekommen war, bewunderte ich nur ganz kurz die außerordentlich schöne Lage dieses Ortes und erkundigte mich gleich nach meinem Manne. Allein in ganz Riva kannte niemand den Namen Rikar, und als ich den Mann beschrieb, war niemand vorhanden, der sich erinnern konnte, je einen solchen gesehen zu haben.

Ich stand also an dem ersten Hindernisse meines gutgemeinten Planes. Weil ich aber einmal so weit war, so beschloß ich, gleich noch ein mehreres zu tun. Ich beschloß, da man einstimmig gesagt hatte, er müsse in der Nähe von Riva wohnen, sofort einen beliebigen Bogen an den Riva-Ufern des Gardasees herum zu fahren, an allen Orten, wo ich Menschen vermutete, anzuhalten und zu fragen.

497 Zu diesem Zwecke mietete ich ein Schiffchen und einen Fährmann, der es lenken konnte. Ich besorgte Lebensmittel, wenn wir etwa länger an unwirtbaren Stellen verweilen sollten, barg meine Sachen in meinem Zimmer im Gasthofe, und beschloß, so bald als möglich meine Fahrt zu beginnen.

Dies geschah schon am nächsten Morgen, da sich mein Fährmann sehr früh eingestellt hatte. Wir begaben uns auf unsere sonderbare

Reise, und wurden durch das herrlichste Wetter und manch anderes seltsame Ding belohnt. Was in mir von früheren Zeiten träumerisch war, war ganz geeignet, geweckt zu werden für Freunde landschaftlicher Natur und Entwicklung ist eine solche langsame, von häufigem Anhalten unterbrochene Fahrt an den Ufern bei weitem vorzüglicher als eine längs der Mitte des Sees, wo alles, was schön ist, nur in allgemeinen Bildern unentfaltet vorüber rückt. Wir fuhren stets an den Gestaden. Bald war es ein großer, unermeßlich scheinender Fels, den wir umschifften, und der wie ein Stück Alpe in das seichte Fahrwasser des Sees geworfen schien. An seinem Körper spielten die grauen Lichter und die violetten Schatten, und an seinem Fuße plauderten oder flüsterten die Wellchen, die unbemerkt und unablässig an seinem Korne wuschen. – Ein ander Mal war es wieder eine blendende Sandbank, die gegen das Dunkelblau des Wassers hinaus ging. Hinter ihr klomm das reine Grün empor, das wieder oben in Felsen überging, die dann blaulich in die noch blauere, fast funkelnde Luft hinein dämmerten. Oft stach eine solche Zunge gleichlaufend mit dem Ufer weit in den See hinaus, und jenseits derselben lag das ruhigste dunkelblaueste Wasser wie ein geborgenes Band an dem Gürtel des Gestades dahin. Wenn wir dann in die Langbucht einfuhren, so entwickelte sich eine Hütte, ein Häuschen, ein Landsitz, wo wir früher nur einen mattgrauen oder schwachweißen Punkt gesehen hatten. – Oft wurde das breite Wasser des Sees ganz schwarzblau, unendlich dunkler als die Luft, und längs des fernen Saumes glänzte, wie eine lichte Kalkwand, das Zieratenwerk der Felsen und warf sein Gitter zauberhaft in die Fläche des schwarzen Spiegels. – Wenn wir manchmal eine Wand sahen und meinten, sie sei weithin die glatteste, ritzenloseste Mauer, so tat sie sich, wenn wir an ihr entlang fuhren, auf einmal auf, und trug in ihrer Faltung eine niedersteigende, von dichtem Buschwerke bewucherte Furche, in der das klareste, glasdurchsichtigste Alpenwasser nieder strömte. Und wenn wir dann um die Sandhügel, die sich heraus schoben, herum fuhren und in die Bucht einlenkten, die sich darstellte, so sahen wir, daß der Schauplatz sehr groß sei und an seinem Rande statt des grünen Wucherwerkes, welches wir erblickt hatten, riesengroße, schöne Bäume trug und in mancher Ecke noch ein aus rohen Steinen oder Stämmen zusammengefügtes Fischerhäuschen barg.

Mein Begleiter plauderte fast unablässig fort. Ich lernte sein seltsames Italienisch bald verstehen und antwortete ihm darin, worüber er große

Freude hatte. Er nannte mir alle Stellen, von denen er die Namen wußte, erzählte mir Geschichten, die oft sehr abenteuerlich und unglaublich waren, und zeigte, wie fast alle Südländer gewohnt sind, das lebhafteste Entzücken über sein schönes Land. Das erste Mal aßen wir zu Mittag auf unserem Schiffchen, das wir ruhig stehen ließen, und über dessen Borde wir ein Brett als Tisch legten, auf dem wir unsere Sachen ausbreiteten. Er tat mir aus meiner Flasche Bescheid und wurde noch gesprächiger und lustiger als vorher. Da ich ihm den Zweck unserer Fahrt geoffenbart hatte, wurde er von dem Seltsamen des Dinges ergriffen, und so oft wir landeten, frug er in die Leute, die uns vorkamen, hinein, als müsse er ihnen den alten Mann um jeden Preis und mit Gewalt entreißen; und das Märchenhafte, daß ich nichts als den Namen 499 Rikar wußte, ergötzte ihn so, daß er nach jedem Punkte am Ufer spähte und oft ausrief: »Dort liegt ein Haus, dort liegt eine Hütte, dort liegt ein Stein.«

Die Nacht brachten wir in einer einzeln gelegenen Herberge zu, die mit ihren schimmernden Mauern, gleichsam wie eine weiße Tafel, an die Felsen geklebt schien und von einem ganz verwickelten Geländer des grünsten Weinlaubes umgeben war. Am andern Tage fuhren wir sehr früh ab, und sahen Riva, von dem wir gestern ausgegangen waren, wie kleine Papierstreifchen auf dem Wasser schwimmen.

Wir hatten alle unsere Vorbereitungen für den Gebrauch des Tages und für unser Mittagmahl wieder in das Schiffchen getan, und fuhren das blaue, schwellende Wasser dahin. An all den zahlreichen Stellen, an denen wir bisher gefragt hatten, hatten wir keine Antwort erhalten. Gespeist wurde wieder auf dem See.

Am Nachmittage gelangten wir in eine ödere Gegend des Wassers. Das Land stieg sanfter, aber auch unfruchtbarer gegen den Spiegel herab. Wo der See seichter gegen die Ufer auslief, lagen viele große Steine in der Gestalt von Knollen und Platten in ihm. Am Gestade stand ein graues Haus, und über ihm am Rande der Landschaft waren, wie überall, die Felsen.

Wir fragten in dem Hause, ohne eine Auskunft zu erhalten. Vielleicht, sagte man, wüßten die Fischer etwas, die weiter unten am Strande seien.

Da wir ein Weilchen gefahren waren, kamen uns die besagten Fischer zu Gesichte. Mehrere Männer standen mit hochaufgeschürzten Beinkleidern in dem seichten Wasser und wuschen Schmutz und schwarzes Gras aus den Netzen, die sie stückweise aus den Fahrzeugen wickelten.

Wir lenkten den Schiffsschnabel gegen sie und fragten um Franz Rikar. Aber sie sahen uns sprachlos an, als ob sie sich auf eine Antwort besännen. Als ich, wie gewöhnlich, eine kleine Beschreibung von dem Manne gab, rief seitwärts eine feine, knabenhafte Stimme: »Da kann ich vielleicht eine Antwort erteilen.« 500

Wir sahen dahin, woher die Stimme gekommen war, und sahen einen Knaben auf einem der aus dem Wasser hervorragenden Steine stehen. Er gehörte nicht zu den Fischern, sondern hatte ihnen nur zugeschaut. Um das sehr schöne, aber sehr braune Angesichtchen mit den großen italienischen Augen waren äußerst verwirrte und verwilderte Haare, der Hals und die Oberbrust waren nackt, dann hatte er ein rauhes Ziegenfell um die Schultern, zu einer Art Überkleid geheftet, aus dem die nackten Arme hervor ragten, deren einer einen oben gekrümmten, unten mit der Spitze in das Wasser gestemmten Stab hielt. Die Beinkleider endeten mit zerrissenen Fetzen gleich unter dem Knie, von wo die nackten braunen Füße bis zum grauen Steine nieder gingen. An einer Schnur hatte er eine runde hölzerne Flasche umhängen. Die Erscheinung war wie ein kleiner Johannes in der Wüste.

»Nun, wenn du Auskunft geben kannst«, redete ich, »so sprich!«

Wir wendeten während dem unser Schiffchen etwas näher gegen ihn.

»Sagt, ist der Mann, den Ihr suchet, alt?« fragte er mit seiner feinen, klaren Stimme.

»So ziemlich alt«, antwortete ich.

»Nein, er ist sehr alt«, sagte er; – »und hat er immer, wie Ihr sprecht, ein blasses Angesicht und ein schwarzes Kleid?«

»Ja«, erwiderte ich.

»Dann ist er es schon«, sagte der Knabe, »der ist es, der so wunderbar geigt und auf den Anhöhen wohnt.«

»Er geigt?« fragte ich.

»Ihr könnt Euch nicht vorstellen, wie herzergreifend er geigt«, erwiderte der Knabe. 501

»Das ist ja nicht möglich«, sagte ich, »hast du ihn geigen gesehen?«

»Ich bin nicht bei ihm gestanden, da er geigte«, antwortete der Knabe, »aber ich habe ihn oft in der Ferne gehört. So geht er«.

Bei diesen Worten beugte sich der Knabe mit dem Oberleibe vor und fing an, auf seinem Steine hin und her zu gehen. Ich erkannte augenblicklich in dieser Nachahmung den Gang meines Reisefreundes. Ich hatte ihn oft so gesehen, ohne es mir besonders klar zu machen; der Knabe hatte es jetzt genau dargestellt.

»Ja, ja, der ist es schon«, rief ich, »der ist es schon. Ist er wohl sehr abgetragen und zerrissen?«

Der Knabe blickte mich stumm an, so daß ich sah, daß die Vorstellung von ganz oder zerrissen nicht in seinem Haupte sei.

»Nein«, sagte er endlich, »ich glaube nicht, daß sein Gewand zerrissen sei.«

»Nun, so weise uns nur an, wie wir zu ihm kommen«, sagte ich.

»Da müßt Ihr noch um das Höllwasser fahren«, antwortete er, »seht, wo dort die Steine liegen. Ich werde auch hinüber gehen, und wenn wir drüben sind, werde ich Euch schon hinauf weisen.«

Er zeigte hiebei dem Ufer entlang in der Richtung, in der wir zu fahren hatten. Es lag da ein großes Geröllwerk, wie es gerne entsteht, wo Gießwasser in den See gehen, Sand und Steine mitschleppen und diese Dinge wie einen Wall an der Mündung liegen lassen, der von ferne wie ein blendendes Dreieck aussieht. Während der Knabe auf diese Steine zeigte, beschrieb er zugleich mit seinem Arme sehr lebhaft einen Bogen, um anzudeuten, daß wir sie umfahren sollten.

Wir begannen die Fahrt, und zu gleicher Zeit hüpfte er am Ufer auf den Steinen neben uns her. Wir bemerkten dabei, daß der lange Stab, den er in der Hand hielt, eine starke eiserne Spitze habe, und daß er sich mit Hilfe desselben von Stein auf Stein schwang. Er tat dies sehr behende und sicher, daß wir sahen, daß das Ding oft in einsamen Stunden seine Lieblingsunterhaltung gewesen sein mochte. Weil der Sandhügel ziemlich hoch und lang war, mußten wir zu seiner Umschiffung bedeutend weit in den See hinaus fahren und sahen den Knaben nun von ferne und ganz klein, wie ein graues Hüpfmännchen, in den grauen Steinen sich bewegen.

Als wir die Mündung umschifft hatten, stand er schon auf dem Rasen und wartete auf uns. Zugleich sahen wir mehrere Ziegen auf dem Grasgrunde, die zwischen den Steinen und dem wenigen Gestrippe kletterten, und zu denen er gehören mochte.

Da wir nahe genug waren, sagte er: »Da müßt Ihr nun hinauf steigen, bis Ihr in den Felsen, seht dort oben, in die Furche kommt, welche die Tiefspalte heißt – Ihr könnt da wo immer empor steigen; denn alle Ziegenpfade des Grases führen in die Tiefspalte hinauf. In derselben müßt Ihr fort gehen, bis Ihr zu dem Häuschen des alten Hieronymus kommt. Es steht nur ganz allein in der Spalte. Da fragt wieder an, und der alte Hieronymus wird Euch ganz gewiß zu dem Manne leiten, den Ihr sucht.«

Da ich ihn fragte, ob er mich nicht selber durch die Schlucht, die er die Tiefspalte hieß, hinauf führen und mir manches von dem Manne, den ich suche, erzählen könnte, antwortete er: »Ich kann Euch ja nicht hinauf führen, weil da die Ziegen sind, und von dem Mann kann ich nichts sagen, als daß er es schon ist, den Ihr suchet.«

Da nun die Sonne noch sehr hoch stand und ein bedeutender Rest des Tages übrig war, so beschloß ich, nach der Weisung des Knaben das Abenteuer zu wagen, um entweder meinen Mann selber zu finden, oder doch etwas Näheres von ihm zu erfahren. Deshalb wendete ich mich zu meinem Fährmanne und sagte: »Gerardo, die Flaschen, die da in dem Korbe stecken, sind Weinflaschen. Jede, wie du siehst, hat auf dem Halse ein Petschaft, welches auf dem Korke so angedrückt ist, daß man ihn nicht heraus nehmen kann, ohne die Buchstaben und die Zierden um dieselben zu verletzen. Wenn du es daher doch tätest, um ein wenig Wein zu trinken und Wasser nachzufüllen, würde ich es erkennen. Hier hast du eine Flasche, die darfst du trinken, die übrigen mußt du unberührt lassen; denn sonst würdest du betrunken werden und müßtest mir den teuren Wein bezahlen. Nun merke auf, was ich dir sage. Ich werde jetzt da hinauf steigen, um in den Bergen nach unserem Manne zu fragen. Du mußt hier in dem Schiffe warten, bis ich entweder selber komme oder dir einen Boten mit der Nachricht schicke, was du tun sollst. Wenn bis zu dem Abende weder ich selbst komme noch ein Bote erscheint, so fahre in das graue Fischerhaus zurück, oder sonst irgend wohin, und bleibe dort über Nacht. Am Morgen aber mußt du wieder auf diesem Platze sein und auf mich warten. Habe auf die Sachen Acht; ich will dir eine meiner Pistolen nebst Pulver und Blei zurück lassen, wenn du mit diesen Dingen umgehen kannst; verpuffe aber nicht etwa aus Kurzweile und Lustigkeit die Sachen auf dem See da und locke dir die müßigen Leute auf den Hals. Habe auf alles Sorge, was ich sage, und sei klug.«

»Ja, ja, Signore, ich werde klug sein«, sagte der freundliche Bursche; »aber die Pistole brauche ich nicht, ich kenne die Ufer ohnehin recht gut. Ich werde auf Euch hier warten, und wenn Ihr bis abends nicht kommt, und wenn auch keine Nachricht kommt, werde ich nicht ins Fischerhaus fahren, weil es mir nicht gefällt, sondern ich werde ein

503

504 wenig in den See hinaus rudern, werde dort den Schiffspfahl in den Boden schlagen und das Schiff daran binden. Dann werde ich mich auf die Rohrmatten legen und schlafen. Ich habe zwei wollene Decken mit, die sind gut. Es wird eine warme Nacht kommen und kein Wind sein, wie alle Tage her.«

»Gut«, sagte ich, »mache es, wie du willst.«

Ich nahm nun meine Ledertasche vom Schiffsboden auf und hing sie um. Ich nahm mein Fernrohr, nahm die Pistolen, nahm eine Flasche Wein und etwas kalten Braten, steckte alles in meine Ledertasche und stieg zu dem Knaben am Ufer aus, der mich mit einem wirklich außerordentlich schönen, aber auch außerordentlich verwilderten Angesichte und mit verständigen Augen ansah. Ich gab ihm ein Geschenk, das er mit freundlichem Lächeln annahm.

»Lebt wohl, Signore«, rief mir mein Fährmann noch nach.

»Leb wohl, Gerardo«, antwortete ich, »sei folgsam und obsichtig.«

Und nun begann ich auf dem kurzen und ziemlich unfruchtbaren Grase empor zu steigen, während meine zwei Gesellschafter, wie ich hinter mir hörte, ein Gespräch mit einander begannen.

Das Höllwasser mußte zu Zeiten seinen Namen recht wohl verdienen, da ein solcher Greuel von Schutt und von Steinen neben mir lag, obwohl es jetzt so schwach und ohnmächtig wie ein Kind in diesen Dingen dahin fädelte, jeden Stein umgehen und in dem feinen Sande sich sein dünnes Rinnsal graben mußte.

Als ich eine Weile gestiegen war und mir in der großen Hitze, die im Gebirge herrschte, der Schweiß kam, blieb ich stehen und wendete mich um, um auf die zwei einzigen Wesen, welche ich in dieser Gegend verlassen hatte, zurück zu schauen. Ich nahm mein Fernrohr heraus 505 und richtete es, um sie besser betrachten zu können. Ich fand sie mit dem Rohre auch sehr bald. Gerardo lag bereits über die Sachen des Schiffes längelang ausgestreckt, das Antlitz nach aufwärts gekehrt, die Arme oberhalb des Hauptes geschlagen, die rote Mütze über die Augen gezogen, und von der warmen südlichen Nachmittagssonne beschienen. Er genoß auf diese Art fröhlich der süßen Ruhe, die den Menschen seines Standes und Landes nächst der Nahrung des Leibes, oder noch vielleicht vor derselben, das Höchste ist. Den Hirtenknaben fand ich auch, wie er gleichfalls auf der Erde zwischen den grauen Steinen lag und sich wärmte. Außer diesen zwei Menschen und den wenigen Ziegen war in der ganzen Gegend nichts Lebendiges zu schauen. Die Umgebung stimmte gerade so feierlich und lächelnd, wie sie immer im Süden ist, dazu. Ich ließ mein Rohr abwechselnd von dem einen, der auf dem blendenden Schiffholze lag, zu dem andern, der in die einförmigen Steine gelegt war, hin und her gehen. Von ihnen weg dehnte sich die tief dunkelblaue Flut des Sees hinaus, die nur zeitweise eine weiße feurige Furche warf, oben stand der ebenfalls tiefdunkle Himmel, der zu dem Bilde gehörte, und an dem Rande woben die violetten, duftigen Berge.

Da ich eine Zeit gestanden war und mich erholt hatte, wendete ich mich wieder um und verfolgte meinen Weg wieder weiter.

Ich kam nach und nach in die Schlucht, welche der Knabe angedeutet hatte. Es begannen aus dem Rasen sich Steine zu heben, die mich in den natürlichen Zwischenraum, den sie zwischen sich ließen, hinein lockten. Bald ging ich auf einem Pfade, zu dessen beiden Seiten hohe Felswände waren, aufwärts. Der Pfad hob sich dann selber an der rechtseitigen der Wände und hatte links unter sich einen tiefen Grund, in welchem die Furche eines Gießwassers lief. Die Furche aber war nicht zu sehen, da die ganze Spalte, wie überall an den Ufern dieses Sees, mit dichtem Gebüsche und mit schlanken, wuchernden Bäumen bedeckt war. Unter dem Geheimnisse dieser grünen Decke hörte ich das Wasser, das jetzt sehr schwach war, fließen, ich hörte bald das Rascheln kleiner Abstürze, bald das Rieseln größerer Wasserfälle, während rechts von den Felsenmauern der brennende Sonnenstrahl auf mich fiel. So ging ich weiter. 506

In kurzer Zeit erblickte ich das Häuschen, von dem der Knabe gesprochen hatte. Es war schneeweiß, stand sehr nahe an dem Felsen und schien von weitem so flach zu sein, als wäre es mit dem Weinlaubgeländer, das hier überall um die Häuser läuft, an die Steine angebunden.

Da ich hinzu gekommen war, klopfte ich an die Tür, worauf eine Magd erschien und mich um mein Begehren fragte.

Ich sagte, daß ich einen Mann mit Namen Hieronymus suche.

»Mein Herr heißt eigentlich Hieronymus Rüdheim«, antwortete sie, »aber die Leute, denen er schon vierzig Jahre Gutes tut, und die ihn betrügen, nennen ihn nur schlechtweg und undankbar den alten Hieronymus. Wartet ein wenig, ich werde es ihm gleich sagen.«

Sie ging hinein und schloß vor mir wieder die Tür.

Nach kurzem öffnete sich dieselbe abermals, und ein alter Mann trat heraus, der den ganzen dichten Tirolerbart in blendend weißer Farbe trug. Er hatte einen schwarzen Rock an, der eine Tirolerjacke gewesen wäre, wenn ihn nicht seine Länge und Weite fast zu einer Kutte gemacht hätte. An der Brust blickten die breiten grünen Hosenträger hervor. Das dunkle Beinkleid reichte bis an die Knie, dort waren silberne Schnallen, dann kamen grüne Strümpfe und schwarze Bundschuhe.

»Was willst du denn?« fragte er mich, indem er unter der Tür stehen blieb.

»Unten am See hat man mir gesagt«, antwortete ich, »daß Ihr mir über einen Mann namens Franz Rikar Auskunft zu erteilen im Stande seid.«

»Gehe herein, ich werde dir etwas zu essen und zu trinken geben«, sagte er.

»Hinein gehen will ich wohl«, antwortete ich, »da es hier vor dem Hause so heiß ist, trinken will ich auch, wenn Ihr mir etwas gebt, aber essen kann ich nichts, da es von meinem Mittagmahle noch gar kurz her ist.«

»Nun, so gehe nur herein«, sagte er.

Ich trat, da er jetzt von der Tür zurück wich, in eine Art Vorhalle ein, die stark gewölbt und sehr angenehm kühl war. Um einen eichenen Tisch, der in einer Ecke stand, liefen Bänke herum, auf deren eine ich mich nieder ließ. Er setzte sich mir gegenüber.

»Marianne«, rief er, »bringe Wein, Brod und sehr frisches Wasser.«

Die Magd, welche sich im Hintergrunde der Halle beschäftigt hatte, entfernte sich, und brachte bald auf einem blanken Untersatze die geforderten Dinge.

»So, greife nun zu und stärke dich«, sagte er.

Ich schenkte mir Wein und Wasser ein, da ich in der Tat durstig war, trank und nahm dann ein Schnittchen von dem weißen, schönen Brote.

»Du willst also über Franz Rikar Auskunft haben?« sagte er.

»Nicht sowohl Auskunft«, antwortete ich, »als vielmehr den Weg zu seiner Wohnung wünschte ich zu erfahren. Wir waren einmal Reisegenossen, dann waren wir ein ander Mal sehr lange Zeit Zimmernachbarn, und versprachen, da wir schieden, daß wir uns, wenn einer in die Nähe des andern käme, besuchen wollten. Da ich nun zufällig durch diese Gegend reise und in Erfahrung gebracht habe, daß er hier herum irgend wo wohne, so möchte ich mein Wort lösen und ihn besuchen.«

»Du bist wahrscheinlich sein Freund von Wien her«, sagte der alte Mann.

»Ja, so ist es«, antwortete ich.

»Ich kann dir schon den Weg zu ihm zeigen«, sagte er, »und werde ihn dir zeigen; aber sage, wer hat dir denn Anweisung gegeben, daß du mich um Franz Rikar fragen sollst?«

Ich beschrieb ihm den Hirtenknaben und sagte, daß mich derselbe in die Schlucht zu ihm herauf gewiesen habe.

»Der Knabe Giuseppe hat schon recht«, sagte er, »ich kenne den Franz Rikar sehr gut und will ihm wohl. Er wird eine große Freude haben, dich zu sehen. Trinke deinen Wein aus, iß noch ein Stückchen von dem Brote, dann werde ich dir den Weg zu ihm zeigen.«

»Ich habe keinen Hunger«, antwortete ich, »und den Durst habe ich mir auch schon gelöscht. Wenn ich aber hier einen Boten haben könnte, der zu dem See hinunter ginge, wäre es mir lieb; denn ich habe einen Fährmann unten gelassen, dem ich gerne eine nähere Botschaft schicken möchte, vorausgesetzt, daß es zu Franz Rikar so weit ist, daß ich heute von ihm nicht mehr zu dem See zurück kommen kann.«

»Es ist so weit«, erwiderte er, »daß du von hier aus wohl bis Sonnenuntergang brauchen wirst, um zu ihm zu gelangen. Ich kann dir keinen Boten geben; denn dies Haus ist das einzige in der ganzen Gegend, und ich bin ganz allein mit der Magd auf der Sommerkühle heroben. Wenn mein Hausmeier oder sonst jemand von meinen Leuten zugegen wäre, würde ich ihn dir zu Rikar mit geben oder zu dem See hinab schicken, wie du wolltest. So aber kann ich es nicht. Wenn du daher mit deinem Fährmanne nichts Bestimmtes verabredet hast, so steige wieder zu ihm hinunter und schiebe den Gang zu Rikar auf morgen auf.«

»Ich habe eben so viel mit ihm verabredet«, antwortete ich, »daß es nichts macht, wenn ich heute nicht mehr zu dem See hinunter komme; ich hätte ihm nur gerne eine ganz genaue Nachricht übersendet.« 509

»Nun das kannst du halten, wie du es für gut findest«, sagte er.

Während dieses Gespräches hatte ich mir, um seinen Willen zu tun, noch ein bißchen Wein eingeschenkt, ihn getrunken und ein Stückchen Brod dazu gebrochen. Nun aber drückte ich meinen Wunsch aus, aufzubrechen, um mein Ziel zu erreichen, und bat ihn, mir den Weg, wie er versprochen habe, zu zeigen.

»Da mußt du mit mir auf die Gasse heraus gehen«, sagte er, »trinke noch einmal auf glückliche Wanderung, und schlage genau den Weg ein, welchen ich dir erklären werde. Grüße mir Rikar und sage ihm, daß ich dir den Weg zu ihm gezeigt habe.«

Ich nahm meinen Hut von der Bank auf, er stieß mit mir auf glückliche Reise an, und wir gingen dann auf die Gasse hinaus.

»Du hast eigentlich«, sagte er, »den längsten und unbequemsten Weg eingeschlagen, der von dem See zu Rikar hinauf führt; aber da du einmal da bist, mußt du schon auf ihm fort gehen. Schreite von hier gar durch die Schlucht empor. Sie wäre oben geschlossen, daß man gar nicht hinaus könnte, aber ich habe der Aussicht wegen Stufen in die Steinwulst schlagen lassen, die quer über sie liegt, und diese Stufen steige hinan. Wenn du oben bist, schaue nach der Gegend, nach welcher die Sonne geht. In diese Gegend gehe du auch. Zur Sicherheit der Richtung wirst du einen Berg sehen, der so aussieht, als ob er auf seinem Gipfel rote Steine hätte. Auf diesen Berg gehe zu. Wenn du ihn erreicht hast, lasse ihn zu deiner rechten Hand und gehe fort. Du wirst dort auch einen getretenen Pfad finden. Wenn du den Berg hinter dir hast, gelangst du auf eine Haide, auf welcher sehr viele graue Steine liegen. Dort ist wieder kein Pfad. Gehe aber durch die Steine immer der untergehenden Sonne nach. In einer Weile wirst du einen Stein sehen, der viel größer ist als alle andern; du wirst ihn auch daran erkennen, daß er schwarz ist und auf seinem Gipfel eine verdorrte Fichte trägt. Er ist der einzige Stein in der Gegend, auf dem eine Fichte ist. Bei diesem Steine brich deinen Weg ab und gehe gerade nach der Richtung deines rechten Armes in das Tal hinein, das du sehen wirst. Du wirst da auch bald einen guten Weg finden, auf dem gehe fort, er führt dich um eine Felsenecke, und da wirst du grüne Bäume und weißes Mauerwerk sehen, da ist es, wo Franz Rikar wohnt. Während du aber auf der Bergebene fort gehst, mußt du auch noch eine andere Maßregel beobachten. Schaue öfters auf die Steinwulst zurück, durch die meine Schlucht geschlossen ist, du wirst sie sehr leicht erkennen; denn sie sieht wie ein gehobener Bühel aus. Diesen merke dir. Die Steine auf dem Hochlande sehen einer dem andern gleich, und wenn du daher die Anzeichen, die ich dir gegeben habe, nicht finden solltest, und wenn dir daher der Weg zu Rikar verschlossen wäre, so kehre wieder zu dem Bühel zurück, steige die Stufen herab und bringe die Nacht bei mir zu. Morgen kann ich dir einen Wegweiser mit geben. So – jetzt lebe wohl, schreite rüstig deines Weges und habe auf das Acht, was ich dir gesagt habe.«

»Lebt wohl«, erwiderte ich, »und habt Dank für die Erquickung, die Ihr mir gereicht, und für die Erklärung, die Ihr mir gegeben habt.«

Ich reichte ihm die Hand, indem er die Worte sagte: »Mit Gott, mit Gott.«

Ich stieg die paar Stufen, die von seinem Hause zu dem Pfade hinab führten, hinunter, und er schaute mir nach. Als ich dann eine kleine Strecke in der Schlacht weiter hinaufgegangen war und umschaute, stand er nicht mehr auf der Gasse, sie war leer, und die dunkelbraun angestrichene Tür war zu. 511

Ich dachte, während ich so fort ging, ich hätte wohl um Näheres über Franz Rikar fragen können, ich hätte dem wohlwollenden alten Manne meinen Plan entdecken können, er würde mir gewiß mit den besten Mitteln an die Hand gegangen sein, wie ich ihn ausführen könnte. Allein anderseits war das Gefühl von Scheu, welches mich jedes Mal zurück hielt, wenn ich den Mund öffnen wollte, auch natürlich, und ich konnte ja zuerst bei Rikar selber sehen, wie die Sachen ständen, und konnte dann um so sicherer den Weg ermitteln, der betreten werden mußte.

Mit solchen Gedanken ging ich den Rest der Schlucht empor. Sie wurde enger und ungangbarer, aber auch seichter und unfruchtbarer. Ich sah von ihrem oberen Teile ihre ganze Länge hinab. Sie lag wie ein grünes Sammetbändchen zum See hinunter. – Endlich kam ich auch zu den Stufen, von welchen der alte Mann gesprochen hatte. Es wäre wirklich unmöglich gewesen, über den Steindamm, der sich quer über die Schlucht streckte, hinaus zu kommen; allein die Stufen, die schief und in einer künstlichen Wendung über ihn gehauen waren, machten die Sache leicht. Ich stieg über sie hinaus und stand bald auf der obersten Höhe des Bühels.

Hier war es ganz anders als unten. Die Fruchtbarkeit hatte ganz und gar und völlig aufgehört. Der Grund war mit dem grüngrauen Filze bedeckt, den ich oft auf Steinen angetroffen hatte, nur war er hier noch viel schaler und schwächer als irgend wo. Aber die Aussicht, von welcher der Greis nur im allgemeinen geredet hatte, war außerordentlich schön. Sie ging größtenteils nur in die Gegend, gegen welche ich wandern sollte. War ich schon unten am See von den mannigfaltigen, seltsamen Dingen, die ich angetroffen hatte, ergriffen, so war ich hier vollständig hingerissen und, ich kann sagen, in der Tiefe meiner Seele entzückt. 512
Die Maler haben eigentlich diese Dinge noch nicht gemalt; denn da war kein Baum, kein Gesträuchlein, kein Haus, keine Hütte, keine Wiese,

kein Feld, sondern nur das sehr dürftige Gras und die Felsen gewiß wenige Künstler hätten das für die Aufgabe eines Meisters gehalten, wenn sie nicht früher die Erfahrung gemacht hätten, wie so unaussprechlich die düstere Schönheit solcher Öden auf die Seele des Menschen zu wirken vermag. In allen Stufen des matten Grün, Grau und Blau lag das fabelhafte Ding hinaus; schwermütig dämmernde, schwebende, webende Tafeln von Farben stellten sich hin, und die Felsen rissen mattschimmernde Lichtzuckungen hinein; und wo das Land bloß lag und etwa nur Sand und Gerölle hatte, drangen Flächen fahlen Glanzes oder sanft gebrochene Farbtöne vor. Draußen über allem duftete ruhig und schwach rötlich ein Berg, der die roten Steine enthalten mochte, von denen der Greis gesprochen hatte. Von ihm gingen zwei langgestreckte, feurige Wolkenbänke weg, die von der bereits zum Untergange neigenden Sonne angezündet waren und das schwache, trübe Grün des südlichen Himmels neben sich hatten, das so sanft glänzte und oben in ein flammendes Blau überlief. Alles das hätte schon genügt zu der Größe des Bildes; aber weit links von mir lag noch zwischen den Felsen ein grauer, sanfter Strich durch den Himmel, der die Ebene der Lombardie war.

Gewohnt an die lieblichen Höhen meines Vaterlandes, wo Obstbaum an Obstbaum steht, Wäldchen sich mit Wäldchen ablöset, grüne Wiesen dazwischen ansteigen und das Gold der Weizenfelder leuchtet, wo kein Plätzchen unbenützt ist, ohne daß ein Kräutlein oder Baum steht, wo Quellen und Bäche in Menge rieseln, manche klare Flüsse und Ströme ziehen und weit draußen das sanfte Blau der Gebirge geht, hatte ich keinen andern Begriff von Schönheit der Landschaft, als daß sie so sein müsse – ja in einem schönen Lande lebend, achtete ich nicht einmal sonderlich auf derlei Reize; aber hier stand ich in einer Öde, wo alles fehlte, wo gar keine Mittel waren, etwas darzustellen, und wo sich doch eine so ruhige Schönheit zeigte, als legte die Natur ein einfach erhabenes Heldengedicht vor mich hin. Ich war gleichsam gebeugt, und die Lautlosigkeit um mich rückte erst alles recht in die Weite und Breite, daß ich mich verlor.

Ich ging endlich von diesem Platze auf die Ebenen von Gras- und Steinboden, die sich vor mir erstreckten, hinaus. Ich ging der nach Untergang strebenden Sonne nach. Vorher hatte ich noch einen Blick zurück getan, ob ich meinen See sehen könnte. Wie eine blaue Sichel lag ein Stück von ihm zwischen roten Bergen, und da hier die Aussicht beschränkter war, verschwand dasselbe beim ersten Schritte, den ich noch vorwärts tat.

Ich beschloß nun, recht tüchtig darauf los zu gehen, um bei Zeiten an meinem Ziele anzulangen.

Ich ging ohne Pfad auf dem festen, prallen Grasboden fort.

Das sah ich sehr bald, daß der Greis mit seiner Warnung recht hatte, die besagte, daß ich öfters auf den Bühel zurück schauen und ihn mir merken solle; denn wie sehr sich die Felsen auf dieser Berghalde, auf der ich offenbar fort ging, glichen, kann nur der ermessen, der schon in solchen Gegenden gegangen ist. Wenn man daher die Richtung verliert und kein Merkmal hat, an dem man sie wieder gewinnen kann, so könnte man in jeder beliebigen falschen gehen, ohne es zu wissen. Allein das Merkmal, welches mir der Greis angegeben hatte, war sehr deutlich zu erkennen, denn der Bühel unterschied sich durch seine eigentümliche wulstige und getriebene Gestalt von allen Höhen, die ich sah.

So bin ich denn neugierig, dachte ich, wie ich in diesen wilden Gegenden, durch die ich gehe, den einfachen, harmlosen Mann finden werde, auf dessen Werbung ich aus bin. 514

Die Felsen zogen sich neben mir zurück und hatten bald lichtgoldne Stellen, bald blauliche Schatten. Den Dunststreifen der südlichen Ebene hatte ich bald in kleinen Stückchen zwischen Felskuppen, bald war er ganz verschwunden. Er wurde durch den feurigen Ball der Sonne, der über ihm schwebte, nur noch dunstiger, flimmeriger und leuchtender.

Ich hatte ein paar Male den lächerlichen Einfall, eine Pistole los zu drücken, um die Wirkung unter dieser Steinbevölkerung zu beobachten; aber ich tat es doch wieder nicht, weil ich eines Teils wirklich nicht mehr kindisch genug zu dieser Handlung war, und weil mich andererseits das Gefühl zurück hielt, diese einsame Ruhe, die überall und allüberall herrschte, zu stören.

Den roten Berg meines Wegerklärers hatte ich unausgesetzt vor mir, und das Eisengestein, welchem er seine Farbe verdankte, wurde von einer Zeit zur andern immer deutlicher, so daß es endlich beinahe greifbar bei mir war.

Als ich wieder einmal etwas lange auf meinen Bühel zurück schaute, den mir der Greis Hieronymus als Rückmerkmal angegeben hatte, und dann mich zum Weitergehen wieder umwendete, sah ich die Sonne in einer zackigen Felsenmauer im fernen Westen untergehen, gleichsam in die Zacken zerfallen; aber diese Erscheinung war nicht geeignet, mir

Unruhe oder Besorgnis einzuflößen; denn ich erreichte so eben den roten Berg, ließ ihn an meiner rechten Hand und ging auf dem Pfade neben ihm fort. Auch konnte mein Ziel nicht mehr ganz ferne sein, da der Greis gesagt hatte, daß ich es bis Sonnenuntergang erreichen werde, und ich mir eben keine gar große Langsamkeit im Gehen vorwerfen konnte.

515 Von dem Berge kam ich auf die kleine Haide hinaus, welche Hieronymus vorausgesagt hatte, und ging wieder auf festem Grasboden zwischen häufigem fast metalldichtem Gesteine dahin.

Als ich eine Weile so gewandert war, stellte sich auch das letzte Merkmal, das mir angegeben worden war, dar, der schwarze Stein mit der verdorrten Fichte. Er war auf viele Schritte Entfernung kennbar, da er der einzige solcher Art in großer Umgebung war. Als ich zu ihm hinzu gekommen war, hatte ich einen seltsamen Anblick. Hoch im zartgoldenen Abendhimmel gerade über dem feinen Gerippe des dürren Baumes schwebte ein Adler, wie eine dunkle Fliege anzuschauen, und am Fuße des Steines in dem Schatten desselben, den er von dem Abendlichte warf, saß ein Mädchen. Ich konnte nicht erkennen, ob es schön sei, und wie es gekleidet sei, da die ganze hochgelbe Glut des Abends in mein Angesicht fiel und mich blendete; aber so viel erkannte ich doch, daß die Kleider weiß waren, und daß die Gestalt noch der Jugend angehörte. Das Mädchen saß ganz einfach da, wie auf einem Spaziergange begriffen und hier ein wenig der Ruhe genießend. Daß es so unbekümmert da saß, bewies mir auch, daß ich schon sehr nahe an menschlichen Wohnungen sein müsse.

Ich ging etwas näher und fragte, in welcher Richtung ich zu der Wohnung des Franz Rikar komme.

Das Mädchen hob den Kopf ein wenig empor, um mich anzuschauen, dann sagte es in einer wunderschönen deutschen Sprache: »Wenn Sie zu Ihrer Rechten in die Talebene hinein gehen, so werden Sie bald Bäume und unter ihnen ein Haus sehen, in welchem Rikar wohnt.«

Das war genau die Weisung, welche mir der Greis gegeben hatte. Ich dankte daher, und wendete mich rechts, wie sie sich ausgedrückt hatte, in die Talebene.

Es war wirklich eine Talebene, gleichsam eine Niederung von der 516 Haide aus in den Gebirgskörper hinein geschnitten. Auf der Erde hatten die Farben des Tages aufgehört, die Felsen waren unbestimmt, der Rasen wurde dunkler, und nur in der Luft schwamm das helle, flüssige Gold des Himmels über die Dinge dahin. Ich fand hier auch den Weg, welchen mir Hieronymus vorausgesagt hatte. Als ich ein Weilchen darauf gewandert war, bog ich um eine Felsecke und sah nun auch die Bäume. Ein Baum muß auf diesem Hochlande eine solche Seltenheit sein, daß ich nun recht wohl begriff, daß er als ein vorzugsweises Merkmal der Wegerklärung angeführt werde; ich begriff es um so mehr, da die Bäume, welche sich mir eben darstellten, meinen Augen so unsäglich wohl taten. Sie waren sehr groß, mußten bedeutend alt sein und schienen in Kastanien, vielleicht mit Obstbäumen untermischt, zu bestehen. Auch das Mauerwerk sah ich, so viel es der Abend zuließ, zwischen den Bäumen hervor schimmern.

Ich ging auf dem Wege fort und sah bald, daß das Tal sich nach innen erweitere und einen ziemlich offenen, freien Platz bilde.

Nach einer Zeit kam ich zu einem Garten, an dessen Gittertore der Weg endete. Das Gitter stand offen, und ich ging in den Garten hinein. Ein breiter Weg führte in gerader Richtung auf das Haus zu. Wahrscheinlich, dachte ich, ist dieses das Haus, welches mir der Greis und das Mädchen als unter den Bäumen stehend und als Wohnort des Franz Rikar bezeichnet hatten – und ist es dasselbe nicht, so können mir wenigstens seine Bewohner angeben, wo ich Rikar finde. Ich ging also auf das Haus zu. Ich ging zwischen Kastanien, dann zwischen Obstbäumen und endlich zwischen Gemüsebeeten und Lattenobst hin. Als ich an das Ende des Weges gekommen und die einigen Stufen, die zu dem Hause empor führten, hinauf gestiegen war, befand ich mich an einem großen eisernen Gitter, hinter dem eine geräumige Halle war, wahrscheinlich der gemeinschaftliche Eingang des Hauses. Der Abend war ganz still, hinter dem Hause hörte ich das Rauschen eines Springbrunnens, und in der Halle zündete ein altes Mütterlein eine Hängelampe an.

517

Die Fäden dieses Lichtes spannen sich in den Garten heraus, der durch sie auf einmal viel dunkler wurde. Die Züge des alten Mütterleins waren sehr schön, wie man sie oft auf italienischen Gemälden an Matronen antrifft, und in dieser Lage war das Mütterlein selber schier ein Gemälde, da es von oben herab recht schön beleuchtet wurde. Ich stand an dem Gitter, legte mein Angesicht zwischen die Stäbe und sah hinein.

Als sie mit ihrem Geschäfte fertig war, erhob ich meine Stimme und sagte: »Verzeiht, daß ich Euch anrede; ich bin ein Fremder, bin erst in der Abenddämmerung hier angekommen, der Weg hat mich an das Gitter geführt, und ich möchte gerne eine Frage tun.«

Das Mütterlein wendete sich rasch von ihrem Schämel gegen mich und sagte: »So fragt nur.«

Dieses Wort hatte sie in einem reinen Italienisch gesagt.

»Ich suche einen Mann namens Franz Rikar«, antwortete ich hierauf, »welcher hier irgendwo wohnen soll. Wenn Ihr ihn kennt oder sonst etwas von ihm wisset, so könnt Ihr mir vielleicht Auskunft geben.«

»Freilich kenne ich ihn«, sagte sie, »und Ihr dürft nicht mehr weit zu ihm gehen; denn er wohnt hier. Bleibt nur eine Weile stehen, ich werde es ihm sagen, daß ihn jemand sucht, und wenn er Euch kennt, wird das Gitter aufgesperrt werden.«

Nach diesen Worten ging die alte Frau fort und verschwand in dem Hintergrunde der Halle, war sie nun durch eine Tür hinein gegangen, oder über eine Treppe empor gestiegen.

Obwohl sie italienisch gesprochen hatte, hatte sie meine deutschen Worte doch sehr gut verstanden.

518

Ich blieb an dem Gitter und wartete.

Nach einiger Zeit kam die Frau wieder zum Vorscheine, und hinter ihr ging ein Mann, der eine brennende Kerze trug. Ich erkannte ihn sogleich, es war mein alter Zimmernachbar aus dem Gasthofe zur Dreifaltigkeit in Wien. Ich fand ihn ganz den nämlichen, er hatte wieder schwarze Kleider, und der Frack sah aus, als wäre es derselbe, den er damals getragen hatte. Er ging über die Breite der Halle, das Licht vor sich her tragend. Als er zu mir gekommen war, hob er die Kerze in die Höhe und leuchtete mich an.

»Gott grüße Euch, Herr«, sagte ich zu ihm, »Ihr seid es schon, den ich suche; seht, ich habe Wort gehalten und bin bei meiner Reise zu Euch gekommen.«

»Jawohl, Cornelia«, antwortete er, »den Mann kenne ich sehr gut, den kenne ich sehr gut, mache nur schnell auf.« Das Mütterlein öffnete und ließ mich hinein.

»Seid mir vielmal gegrüßt«, sagte er zu mir, »seid mir vielmal gegrüßt; es freut mich sehr, daß Ihr mich alten Mann nicht vergessen habt: und gar zu mir auf die Haide herauf gegangen seid. Ihr habt mir immer Liebes gezeigt, seid immer freundlich gewesen, und nun kommt Ihr gar in die Öde, mich zu besuchen. Seid mir vielmal, vielmal gegrüßt.«

Mit diesen Worten hatte er mir die Hand gereicht, welche er frei hatte, und hatte die meinige sehr freundschaftlich gedrückt.

»Seid mir ebenfalls auf das herzlichste gegrüßt«, sagte ich, »ich bin recht gerne zu Euch herauf gestiegen, und freue mich, Euch so wohl zu finden.«

»Ich habe hier alles, was ich brauche«, sagte er, »aber ich bin auch so einfach, wie ich es kaum in meinem Stüblein in der Dreifaltigkeit war, wißt Ihr, dessen Fenster auf den Ziehbrunnen des Hauses hinab gegangen sind. Seid Ihr von Sankt Gustav herauf gestiegen?«

»Ist Sankt Gustav eine Ortschaft?« fragte ich.

519

»Ja«, antwortete er.

»Dann bin ich nicht von dort herauf gekommen«, sagte ich, »ich bin von dem See herauf gekommen und bin durch eine Schlucht gestiegen, in welcher das Häuschen eines Mannes namens Hieronymus Rüdheim steht. Er hat mir den Weg zu Euch erklärt und hat gesagt, daß ich Euch von ihm recht schön grüßen solle.«

»Ich danke, ich danke, das ist ein treuer Freund«, antwortete er. »Also von dem See seid Ihr herauf gekommen, das ist ein sehr langer und wilder Weg. Aber wie habt Ihr mich denn ausgeforscht, daß ich hier bin?«

»Ich habe in Meran nach Euch gefragt«, sagte ich, »und man hat mich an den Gardasee gewiesen. Dort habe ich wieder geforscht und habe Euch so gefunden.«

Ich wollte ihm die näheren Umstände meines Forschens am See nicht genauer angeben.

Während dieser Worte waren wir teils in der Halle gestanden, teils waren wir langsam über dieselbe gegangen. Jetzt befanden wir uns am Fuße einer Treppe. Das alte Mütterlein hatte sich gleich, nachdem es das Gitter geöffnet und geschlossen hatte, entfernt.

»Steigt nun herauf in meine Stube«, sagte er, »und sitzt wieder ein wenig bei mir, wie einstmals. Steigt nur herauf.«

Mit diesen Worten begannen wir die Treppe empor zu steigen. Er ging voraus, hielt aber das Licht immer seitwärts, daß ich alle Stufen deutlich sehen konnte. Derlei Höflichkeiten hatte er immer gehabt. Als wir das erste Stockwerk erreicht hatten, kamen wir in einen Gang. Wir gingen in demselben eine Strecke fort. Hierauf öffnete er eine Tür und hieß mich eintreten. Ich tat es, und befand mich in einer Stube, die für einen einzelnen Menschen eingerichtet war. Auf dem Tische stand eine Lampe, und er stellte die Kerze dazu.

520 »Wir werden hier den Abend zubringen wenn es Euch gefällig ist«, sagte er, »und wenn die Schlafenszeit kömmt, werde ich Euch schon in ein Zimmer führen, in welchem Ihr ruhen könnt. Legt die Ledertasche ab, die Ihr an einem Riemen umhängen habt, legt den Hut ab und setzt Euch hier in diese guten Kissen nieder.«

Ich war nicht unbedeutend müde, namentlich hatte mich das unbequeme Gehen in den Steinen angegriffen, und ich folgte daher seiner Einladung gerne.

»Ihr müßt verzeihen«, sagte er nach einem Weilchen, »daß ich Euch eine kleine Zeit allein lasse. Ich muß einige Anstalten machen, dann werde ich gleich wieder kommen.«

Mit diesen Worten verließ er mich und ging zur Tür hinaus.

Als ich allein war, benützte ich die Zeit, mich ein wenig umzuschauen, wie es hier aussähe. Der Mann selber war nicht gar abgetragen; freilich war sein schwarzer Anzug nicht neu und vornehm, aber das war ich an ihm gewohnt, da er ihn beständig trug. Die Dinge, welche ihn in diesem Zimmer umgaben, waren ebenfalls nicht ärmlich. Über den Tisch, der die Lampe trug, war ein feiner Teppich gebreitet, der erst kürzlich gestickt worden sein mußte; unter dem Tische stand ein weicher, gefütterter Fußschemel, der ebenfalls Stickerei zeigte; die Sitzgeräte waren mit grünem Leder und, wie ich an meinem Sofa empfand, sehr gut gepolstert; alles übrige war sehr anständig; und auf dem Schreibtische standen sogar einige Ziergegenstände, die unter die aufgeschlagenen Bücher und umherliegenden Schriften gemischt waren.

In Folge dieser Beobachtungen beschloß ich, den Abend bei ihm ohne irgendeiner weiteren Maßregel zuzubringen. Morgen, dachte ich, würde ich schon sehen, bei wem er hier sei, und wie ich meine Handlungen einzurichten hätte.

Als ich mit meinen Betrachtungen und Vorsätzen fertig war, kam er 521 wieder bei der Tür herein. Er setzte sich zu mir auf das Sofa, genau so, wie er es in der Dreifaltigkeit immer getan hatte, wo er es nicht leiden konnte, wenn einer von uns auf einem Sessel saß.

»Ihr seid also wahrscheinlich auf Eurer italienischen Reise begriffen?« sagte er.

»Ja«, antwortete ich; »was ich einstens gar nicht mehr gehofft hatte, ist durch einen Zufall möglich geworden; ich kann jetzt mit Ruhe und auf längere Zeit jenes Land besuchen.«

Ich erwartete nun, daß er etwas von dem Briefe sagen und sich entschuldigen würde. Er tat es aber nicht.

»Es scheint Euch sehr gut gegangen zu sein, seit wir uns damals in Wien trennten«, sagte er, »Ihr seht vortrefflich aus, und seid ein sehr stattlicher junger Mann geworden.«

Ich konnte von ihm zwar nicht ganz dasselbe sagen, er kam mir noch magerer vor, aber es schien doch eine gewisse Heiterkeit und Fröhlichkeit in ihm zu sein.

»Ja«, antwortete ich, »es ist mir in der letzten Zeit sehr wohl geworden, und ich glaube, daß ich nun für die ganze Dauer meines Lebens gesichert bin.«

Er lehnte sich auf den Tisch, sah mich mit treuherzigen Augen an und sagte: »Das freut mich sehr, es kann gewiß niemanden geben, den es so freut als wie mich.«

»Und wie habt denn Ihr seit der Zeit gelebt, seit der wir uns nicht gesehen haben«, fragte ich ihn.

»Ich bin nicht mehr krank gewesen, seit ich jenes Übel in der Dreifaltigkeit ausgestanden hatte«, antwortete er, »ich lebe vergnügt, und warte allgemach auf meinen Tod, der bei alten Leuten nicht lange ausbleiben kann.«

»Wird noch lange, lange ausbleiben, lieber Freund!« sagte ich.

»Nun, wie es ist, und wie es Gott will«, antwortete er.

Da wir also gerade auf die Weise bei einander saßen, wie wir es an so manchem Abende in Wien getan hatten, so dachte ich, ich könnte ihm erzählen, was mir bisher im allgemeinen begegnet sei, und könnte 522 dabei etwas von meinem Plane mit ihm leise einfließen lassen. Ich sagte daher zu ihm: »Ich bin noch immer unverheiratet, es hat sich eben nicht gemacht. Von den vielen seltsamen und abenteuerlichen Planen, mit denen ich Euch oft in früherer Zeit unterhalten habe, habe ich die meisten, ja ich kann sagen, alle aufgegeben, und bin jetzt nichts mehr und nichts weniger als ein einfacher Landwirt. Eine alte Muhme, die sich im Leben nicht um mich bekümmert hatte, hatte im Tode recht gut für mich gesorgt und mir ein sehr schönes Anwesen hinterlassen. Es liegen liebliche Fluren um dasselbe herum, in einiger Entfernung davon steigen Wälder auf, und hinter ihnen sieht man das Blau der Hochgebirge hervor blicken. Das liebe ich nun, bin gerne dort, und hätte nie geglaubt, daß diese Dinge einen solchen Zauber ausüben könnten. Als ich das neue Besitztum antrat, fing ich gleich an, in demselben herum zu wirtschaften. Ich begann alle Felder zu lockern; ich habe zu den paar tausend Obstbäumen, die ich geerbt hatte, noch ein paar tausend neue hinzu gesetzt, habe alle diese Stämmchen veredelt und habe die alten gereinigt und geordnet; dann habe ich Glashäuser angelegt, in denen jetzt schon sehr schöne Blumen und Früchte sind, die noch immer schöner werden sollen, ich habe mir einige Zimmer zu meiner Wohnung eingerichtet, und mehrere andere stehen bereit, Gäste aufzunehmen, wenn sich einige bei mir einfinden sollten. In der Gegenwart bin ich auf einer längeren Reise begriffen, und wenn ich wieder nach Hause komme, werde ich aufs neue meine Felder bearbeiten, werde bauen, Ruhebänke, Aussichten anlegen, und so weiter – und so weiter. Nur einen Wunsch hätte ich: es wäre gut, wenn ich außer dem gelegentlichen Umgange, der sich einfindet, noch einen vertraulicheren und näheren hätte, etwa einen älteren, bewährten Freund, der mir mit 523 Rat und Tat an die Hand ginge, bei mir wohnte und mir manchen Augenblick seiner Zeit schenkte; denn ich bin allein, und fühle es manchmal recht bedeutend.«

»Es freut mich, daß ich Euch so reden höre, und daß Ihr die Landwirtschaft so liebt«, antwortete er, »Ihr könnt gar nicht ahnen, wie wohltätig Eure Rede auf mich gewirkt hat. Und was einen Gefährten anlangt, so könnt Ihr bald eine liebe, angenehme Hausfrau bekommen, und Angehörige werden dann auch nicht fehlen.«

»Ich rede hier nicht von Angehörigen des Blutes«, erwiderte ich; »die, von denen ich herstamme, habe ich kaum gekannt, und ob sich andere einfinden werden, steht in sehr, sehr weitem Felde. Wenn es aber auch wäre, so wäre ein Mann doch noch recht gut, der durch die gleichen Bande der Gesinnung gebunden wäre, der sich mit mir vereinigte, ein heiteres, edles Landleben darzustellen, das andere anlockte, erhöbe und zur Nacheiferung verleitete. So möchte manches Ersprießliche gewirkt werden, das selbst nach unserm Tode fort lebte und für manche Zukunft segensreiche Früchte brächte. Ich habe in letzter Zeit oft gedacht, eine solche Aufgabe wäre eines Mannes nicht ganz unwürdig, daß er die Dauer seines Lebens daran setzte, natürlich wenn er von der Würde seiner Aufgabe ganz durchdrungen wäre.«

»Ich muß Euch noch einmal sagen«, antwortete er, »daß es mich sehr freut, daß Ihr die Pflege des Bodens so hochachtet – es ist ein schöner Abend für mich, daß Ihr von diesem Dinge so redet. Es gibt auch noch andere Beschäftigungen, von den Menschen bedeutend hoch geschätzt,

Künste, die sehr, sehr schmerzlich sein können die ungemein, ganz ungemein schmerzlich sein können!«

Ich wußte nicht, was er bei diesen Worten immer an der Lampe zu tun und umzudrehen hatte. Er hatte dies auch in Wien öfters getan. Wenn wir so in seinem Zimmer, etwa bei schlechtem Wetter beisammen saßen, stand er manchmal plötzlich auf, ging in dem Zimmer hin und her, richtete etwas, das ohnehin recht stand, oder sah emsig bei dem Glase des Fensters hinaus, obwohl nichts zu sehen war, weil draußen eine rabenschwarze Finsternis lag. Es war gleichsam, als ob den Mann eine Sorge oder ein Kummer drücke. 524

Ich erkannte, daß ich jetzt eine unangenehme Saite in ihm berührt hatte, und brach das Gespräch ab. Wir saßen eine Weile stumm neben einander, dann redeten wir von anderen Dingen. Er erzählte mir von dem See, beschrieb mir manche Punkte und Stellen an ihm, und tat dies mit solcher Liebe und Angelegentlichkeit, daß ich sah, daß er hier geboren worden sei.

Während wir noch so sprachen, ging die Türe auf, und es kam eine Magd und ein Mann herein. Die Magd war so, wie man sie in manchen Häusern zu untergeordneten Diensten hat, und der Mann sah einem Gärtner oder so etwas Ähnlichem gleich. Sie trugen Tischzeug, um den Tisch damit zu decken. Sie taten den Teppich weg, stellten die Lampe seitwärts auf einen Kasten, deckten den Tisch für zwei Personen, stellten zwei Lichter darauf und ließen die Lampe auf dem Kasten fort brennen.

Dann gingen sie wieder zur Tür hinaus.

Nach kurzem brachte die Magd unsere Speisen, und der Mann brachte das Getränke.

Wir hatten eine Suppe, guten Braten mit Salat, eine Flasche vortrefflichen Weines und sehr frisches Wasser.

Das Abendessen hatte nichts Armes oder Bettelhaftes an sich.

Als wir es verzehrt hatten, kamen wieder die zwei nämlichen Menschen und räumten ab. Sie trug das Geschirr und er die übrigen Eßgeräte fort. Zuletzt breiteten sie wieder den Teppich über den Tisch, stellten die Lampe darauf und verließen uns.

Rikar hatte wahrend ihrer Beschäftigungen manchmal ein freundliches oder berichtigendes Wort mit ihnen geredet. Als wir allein waren, saßen wir noch lange beisammen und sprachen von verschiedenen, meistens gleichgültigen Dingen. Endlich sagte er zu mir: »Wenn es Euch genehm 525 sein wird, zur Ruhe zu gehen, dann dürft Ihr es nur sagen, ich werde Euch in Euer Zimmer geleiten.«

Als ich daher dachte, daß es spät genug sein könnte, mein Lager zu suchen und ihm auch die Ruhe zu gönnen, äußerte ich diesen Wunsch. Er zündete mit einem Papierstreifen eine der da stehenden Kerzen an und sagte: »Wenn es Euch gefällig ist, folgt mir.«

Ich nahm meine Ledertasche und meinen Hut und folgte ihm.

Er führte mich noch eine Treppe hinauf, dann ein Stückchen über einen Gang, dann schloß er ein Zimmer auf und führte mich hinein. In demselben zündete er die zwei auf dem Tische stehenden Kerzen an, stellte die seinige einen Augenblick weg, nahm mich bei der Hand und sagte: »Schlaft recht wohl, genießt einer recht angenehmen und erquickenden Ruhe.«

»Ihr auch, Freund Rikar«, antwortete ich, »Ihr auch.«

»Gute Nacht«, sagte er, drückte meine Hand, nahm seine Kerze und ging zur Tür hinaus, die er hinter sich zuzog.

Ich war also in meinem Schlafzimmer allein.

An diesem Abende, dachte ich, hast du nunmehro gar nichts über die näheren Verhältnisse des Franz Rikar erfahren, wir werden nun sehen, wie es morgen damit beschaffen ist.

Mit diesem Gedanken ging ich gegen die Tür, schloß mich mit dem innern Riegel ab und legte dann meinen Hut und meine Ledertasche auf den Tisch nieder.

Es ist meine Gewohnheit, wenn ich in fremden Räumen übernachte, dieselben, bevor ich schlafen gehe, noch recht genau zu untersuchen. Dies tat ich auch jetzt. Ich nahm ein Licht und leuchtete umher. Ich 526 sah sogleich, daß mein Schlafzimmer eigentlich aus zwei Zimmern bestehe, indem ich durch eine offen stehende Tür in ein anderes Gemach gelangen konnte, das wie ein Wohnzimmer eingerichtet war. Eine weitere Tür, die vielleicht in fernere Zimmer führen mochte, war durch einen Kasten verstellt. So war mein Bereich also ein völlig abgeschlossener. Ich ging nun an die Betrachtung der Geräte. Sie waren alle sehr anständig und fest, aber nicht neu, ja es konnte Zweifel entstehen, ob sie nicht ein paar Jahrhunderte alt seien. Das weiße Linnenzeug des Bettes stach sehr schön von dem braunen Holze des Gestelles ab. Der Geräte waren gerade so viele, als unumgänglich nötig war, die Zimmer einzurichten, keines mehr und keines minder. Was mir besonders auffiel, war, daß in jedem der Gemächer wohl ein Spiegel an der Wand war, sonst aber nichts erblickt werden konnte, was etwa wie ein Gemälde oder wie ein Kupferstich ausgesehen hätte. Es ist dies eine seltene Tatsache in Wohnungen von Landhäusern. Da ich mich nun über das Innere gänzlich vergewissert hatte, schritt ich an das Äußere. Ich ging in das Nebengemach meiner Schlafstube, öffnete eines der Fenster und sah hinaus. Aber von einer Aussicht war in einer Nacht wie diese keine Rede: Millionen dichter Sterne standen an dem fast schwarzen Himmel und funkelten nicht in weißem, sondern fast buchstäblich in goldenem Lichte hernieder. Unter ihnen lag die Gegend so unkenntlich, gleichsam wie eine schwarze Schlacke, an der die Funken des Himmels verknisterten. Selbst in der nächsten Nähe unter mir konnte ich keine Gegenstände unterscheiden als einige Ballen schweigender Bäume und fahle Dinge, wie Anlagen und Geländer. Weil aber die Nacht gar so milde war und die sanftere Kühle auf die Hitze des Tages so wohl tat, so blieb ich längere Zeit am Fenster und genoß der Annehmlichkeit und des erquickenden Bades der Luft.

527

Endlich entfernte ich mich doch und beschloß, mich zu Bette zu begeben. Ich ließ aber das einmal geöffnete Fenster offen stehen, um die holde Luft nicht von mir auszuschließen.

Ich ging in meine Schlafstube zurück, entledigte mich allgemach meiner Kleider, legte alles auf einen Sessel, löschte die Lichter aus und legte mich in das Bett. Ich dachte noch des armen Burschen Gerardo, was etwa er für eine Nacht in seinem Schiffe auf dem See haben möchte; und weil ich doch teils von dem Gange, teils von den vielen seltsamen Eindrücken etwas ermüdet war, streckte ich meine Glieder und entschlief bald angenehm und fest. Ohnehin mochte ich schon der letzte im Hause sein; denn da ich bei dem offenen Fenster hinaus geschaut hatte, waren alle anderen Fenster an dieser Seite des Hauses bereits finster gewesen.

Ich wußte nicht, wie lange ich geschlafen haben mochte, denn mein Schlaf ist gewöhnlich so fest, daß er nicht unterbrochen wird, außer wenn er überhaupt schon aus ist ich wußte also nicht, wie lange ich geschlafen haben mochte, als ich durch ein Geräusch geweckt wurde. Ich wußte anfangs nicht, was es sei, und setzte mich im Bette auf, um besser zu horchen. Nach und nach erkannte ich das Ding als Klänge, und endlich, da ich mich völlig gesammelt hatte, als Töne einer Geige. Sie umspielten fast lieblich das sich mehr und mehr ermannende Gehirn, und als ich völlig wach und nüchtern war, waren es klare, reine, entschiedene und scharf gezogene Töne. Allein da ich kaum einige Takte zusammenhängend vernommen hatte, hörte alles auf. Ich setzte mich in meinem Bette zurecht, um gut zu lauschen. Nach einer Weile begann es wieder mit dem zartesten Piano und wuchs der Sache gemäß zu der Stärke, wie sie die Kunst erforderte. Ich erstaunte auf das äußerste. So konnte weder ich selber spielen, noch habe ich je so spielen gehört, 528 wenn es nicht Theresa Milanollo war. Das gab sich als höchste, edelste Kunst zu erkennen. Es war so ungemein genau begrenzt, kein Haar darüber und kein Haar darunter, es prägte sich klar, bestimmt und gegenständlich aus. Je länger ich zuhörte, je mehr wurde mir die Ähnlichkeit einleuchtend, bis ich, als das vorgetragene Stück aus war, fast zu der unumstößlichen Gewißheit kam, das müsse Theresa Milanollo sein, die eben gespielt habe. – Es begann wieder, und trug seine Dinge mit männlicher Entschiedenheit vor.

Ich stand nun auf, warf schnell etwas von meinen Kleidern um mich und schlich mich auf den Zehen in das andere Zimmer, dessen Fenster ich offen gelassen hatte. Ich ging an das Fenster und lehnte mich hinaus, um zu horchen. An dem ganz heiteren Himmel stand jetzt eine schmale silberne Mondessichel, so dünne wie ein in die Luft geschnittener Zirkel, erleuchtete aber doch so viel, daß ich sah, daß unter meinen Fenstern eine Terrasse sei, auf welcher Bäume standen, und auf welcher der schwache Schimmer einer Einfassung hin lief. Sonst sah ich nichts, nicht einmal das Dämmern der Felsen, von denen ich doch wußte, daß sie in einer nicht großen Entfernung sein müßten. Auch woher die Töne kamen, konnte ich mit dem Ohre nicht bemessen, kamen sie von rechts, kamen sie von links, oder kamen sie von unten. Selbst ob im Hause oder im Garten gespielt wurde, war mir nicht recht klar. Auf der Terrasse glaubte ich niemanden zu sehen, auch würde ich es da wohl erkannt haben, wenn auf ihr jemand gespielt hätte, da sie gerade unter meinen Fenstern hinlief.

Es begann wieder, nachdem es eine geraume Weile ausgesetzt hatte – und man könnte gleichsam sagen, es gab seine Seele in die Lüfte. Ich horchte fort und fort. Wenn es Theresa Milanollo ist, so mußte ich denken: ist denn das Kind in dieser kurzen Zeit um so viel älter geworden, 529 daß die süße Unwissenheit sich gewendet hat, die uns sonst so entzückte? Oft ist es ja in dem Spiele gar nicht anders, als sei bereits die Glut der Leidenschaft darinnen. Es ist nicht mehr das Ding, das mit einfacher Liebe in den goldenen Tönen gespielt hat, bloß aus dem

Grunde, weil sie goldene sind; sondern das ist so zu sagen ein schreiendes Herz, welches seinen Jammer erkannt hat. Es lag in dem Spiele ein Schmerz und eine Sehnsucht, die so einleuchtend ausgesprochen waren, daß man sah, das sei nicht ein vorgebildetes und vorgespiegeltes Ding der Kunst, sondern das sei aus dem wirklichen, bitteren, erfahrenen Leben hergenommen. Es war für mein Ohr die ganz natürliche Steigerung des Herzens darinnen. Zuerst war eine sanfte Klage, die versuchsweise bittet und, wiewohl vergeblich, hinschmilzt – dann war das heiße Flehen, das ein fernes, wohlerkanntes Glück so gerne herbei ziehen möchte – dann war die Ungeduld des Heischens – dann stand die Seele auf, und es war ein Zürnen, daß das Gut, das man geben wolle, nicht erkannt werde – dann war ein Hohn, der da sagt, wie hoch das eigene Herz steht, und wie es sich durch Verachtung rächen will – – endlich war eine Fröhlichkeit, die es sich rauschend vorsagt, daß sie es sei. – – Ich dachte: du armes, armes Kind! was mußt du gelitten haben, daß du diese Dinge verstehst, und sie mit der einzigen Stimme, die dir Gott in so reichlichem Maße gegeben hat, ausdrücken kannst! Mir fiel auch jener wundersame Auftritt ein, den ich hatte, als ich Rikar in das Theater führte, und als er so auffallend weinte, da er die Schwestern Milanollo hörte. Wie mag das zusammen hängen?!

Ich hüllte mich fester in meinen Rock, den ich übergenommen hatte, weil die Nacht doch ein wenig kühl war, und hörte zu. Das Spiel setzte nun ziemlich lange aus, und begann wieder. Es wurde immer besser und geläuterter, als machte sich doch nach und nach die Kunst geltend, die das menschliche Herz so beseligt und sänftigt, und als dränge sie die Leidenschaft zurück Endlich wurde einmal jene Stärke, jene Begeisterung und Emporhebung, die gerne dem Ende einer Musik, namentlich dem einer sich selbst hörenden, vorausgeht, weil gleichsam die Seele sich selbst überholt hat, und das Werkzeug, wodurch sie sich ausgesprochen hatte, weglegt. So war es auch hier. Der Schluß, den ich selber als einen solchen erkannt hatte, offenbarte sich wirklich als einen solchen. Gleichsam wie ein goldener Blitz war der letzte Ton der Saiten über die Gegend hinaus gegangen – und es blieb still. Die silberne Luft und die starre weiße Lavasichel des Mondes standen unbeweglich.

Ich blieb noch lange an dem Fenster und wartete, ob es nicht wieder beginnen würde. Aber es begann nicht mehr. Alles blieb stille. Die Bäume unter mir hielten ihre Blätter an sich, daß keines wanke, und selbst das Rauschen des Springbrunnens, das ich deutlich vernommen

530

hatte, als ich heute abends zu dem Hause herzu gegangen war, mußte versiegt sein, denn ich hörte es nicht.

Ich ging endlich ziemlich durchfroren in mein Bett zurück und legte mich nieder.

Bis sich meine Glieder erwärmten, dachte ich nicht viel nach; dann aber kam das Reich der Gedanken, der Ahnungen und Vermutungen. Anfangs hatte ich den zweckwidrigen Gedanken, Licht zu machen, zu dem Fenster zu gehen und hinunter zu leuchten; aber sogleich erkannte ich, daß ich gerade dann unten nichts sehen würde, wenn ich mir ein Licht vor die Augen hielte, und daß gerade, wenn ich jemanden sehen wollte, derselbe fort gehen würde.

Ich blieb also in dem Bette.

Mir fielen jetzt auch die Worte des Hirtenknaben ein, daß Rikar so schön geige. Aber den Gedanken, daß es der alte Mann gewesen sein 531 könne, der gespielt habe, verscheuchte ich gleich. Wie könnte er auch solche Töne hervor gebracht haben; das waren die Töne der Jugend, die noch in den Empfindungen große und glühende Maße hat und über das Mögliche und Erreichbare hinausgeht; während das Alter bloß um größte Genauigkeit, Reinheit und Art des Spieles frägt, ohne in der Empfindung weit über das Mittelmaß dieseits oder jenseits hinaus zu kommen. Und insbesondere kannte ich meinen Reisefreund zu genau, als daß ich ihm nur das geringste von dem, was ich gehört hatte, zuzuschreiben vermocht hätte.

Die Musik hatte mich in der Tat zu sehr angegriffen, als daß ich sie gleich aus meinem Sinne hätte bringen können. Von einem Schlafen war daher keine Rede. Ich ging sie im Gedanken noch einmal durch und senkte mich in die Seele, aus der sie gequollen sein mochte.

Ich hielt meine Ohren bereit, um sie, wenn sie doch wieder begänne, aufnehmen zu können, und sah hiebei auf die unklaren Dinge meines Zimmers, die in dem schwachen und noch nichts bedeutenden Schimmer des Mondes da standen.

Aber sie begann nicht mehr.

Zuletzt übte doch die Natur ihr Recht, meine Gedanken wurden allgemach verworrener, und ich entschlief endlich.

Ich mußte sehr gut und ziemlich lange geschlafen haben; denn nach meiner Rechnung mußte die Musik bedeutend nach Mitternacht statt gefunden haben, und da ich erwachte, war es heller Morgen, und die Sonne warf ihr Strahlenmeer durch meine Fenster herein. Ich war von meiner Feldwirtschaft her gewohnt, immer vor der Sonne aufzustehen, schämte mich daher vor mir selbst und sprang schnell aus dem Bette. Ich war sehr ruhig, war gestärkt und heiter, wie ich es immer am Morgen bin. Daß ich wieder auf die Musik der Nacht dachte, war begreiflich; aber sie kam mir jetzt nicht mehr so zauberisch vor als in der Finsternis. 532 Vielleicht war sie auch nur in der Erinnerung ein wenig abgeblaßt, da jetzt die erwachten Sinne anders und von den klaren und scharfen Dingen des Tages in Anspruch genommen waren. Ich wusch mir Angesicht und Haupt und begann mich anzukleiden. Während dieses Geschäftes ging ich auch mitunter an die Fenster, um hinunter zu schauen. Was ich gestern vermutet hatte, war richtig: eine Terrasse lag gerade unter meinen Fenstern. Sie enthielt Bänke, zwischen denen Kübel mit Orangenbäumen standen. Dann waren Weingeländer, Blumen und Zwergobst. Das alles war durch ein graues Gitterwerk von dem äußeren Garten getrennt. In diesem äußeren Garten standen Obstbäume, aber in ziemlichen Räumen von einander entfernt, und zwischen ihnen waren Gemüsebeete und wieder Blumen. Letztere aber waren sonderbarer Weise nicht zu Verzierungen verwendet, sondern sie standen alle nach Gattungen in großen einfärbigen Flecken beisammen. Da war nun einer hellrot, der andere blau, der dritte weiß. Jenseits des Gartens, der durch eine Mauer von rohen Steinen eingefaßt war, hörte die Baumpflanzung nicht auf, sondern es standen noch viele, je nachdem es der Grund zuließ, bald dichter, bald dünner beisammen, und zwischen ihnen lagen die grauen Steine der Gegend zerstreut. Außerhalb dem Ganzen sah ich wieder die Landschaft, die ich gestern den ganzen Nachmittag gesehen hatte, nämlich den schwachgrünen Rasen und die grauen, aus ihm hervorragenden Felsengruppen. Das Haus, in dem ich übernachtet hatte, mußte also am Ende einer Ortschaft liegen, oder es war das einzige in diesem Tale. Manche Anlagen um dasselbe mußten erst vor nicht langer Zeit gemacht worden sein; denn viele der Bäume waren noch sehr jung und schmächtig, und standen zwischen den älteren da. Selbst der Gemüsegarten mußte neueren Ursprunges sein; denn auch in ihm lagen zwischen den Pflanzen noch größere Stücke des grauen Steines, die man 533 nicht hatte weg bringen können, oder die nur unterdessen noch da waren. Dies gab dem Garten ein seltsames, aber ich muß gestehen, malerisches Ansehen, da es die Einerleiheit, mit der uns unsere Gärten trotz ihrer Überladung quälen, sehr eigentümlich und phantastisch unterbrach. Daß ich als Landbewohner diese Dinge, wenn auch schnell, doch genau betrachtete, war natürlich.

Ich hatte mich endlich völlig angekleidet und ging in dem Zimmer herum, um manches, wie das nach der ersten Nacht natürlich ist, zu ordnen. Namentlich nahm ich meine Ledertasche her, um sie auszupacken. Der kalte Braten, den ich als Lebensmittel mit auf meine Wanderung genommen hatte, war schon fast ganz eingetrocknet und unbrauchbar. Ich wickelte ihn sehr sorgfältig in Papiere und schloß ihn in eine Lade des Kastens ein; denn ich wollte ihn als Speise für die Fische meines Sees, denen ich ihn lieber gönnte als den Wieseln der Haide, aufbewahren. Die Pistolen, das Fernrohr, die Weinflaschen und anderes, was ich mit hatte, tat ich gleichfalls aus der Ledertasche in eine Lade.

Als ich so hin und her ging, hörte ich ein feines Pochen an der Tür, ich hatte es früher schon einmal zu hören geglaubt, ohne darauf zu achten, jetzt aber ging ich zu der Tür, schob den Nachtriegel, der noch vor war, zurück und öffnete.

»Ist es schon erlaubt, herein zu treten?« fragte eine zarte, schön klingende Stimme.

»Allerdings«, gab ich zur Antwort, indem ich einen Schritt in das Zimmer zurück tat.

In der Lichtung des Türfutters standen zwei Frauengestalten. Die Vordere erkannte ich, es war dasselbe alte Mütterlein mit dem schönen kleinfaltigen italienischen Bilderangesichte, das gestern in der Halle die 534 Lampe angezündet und mir dann meinen Freund Rikar geholt hatte. Sie trug mehrere sehr weiße und frische Linnen über den Arm und hatte zwei kristallklare Flaschen mit Wasser in den Händen. Die zweite der beiden Gestalten, die durch die erste ein wenig gedeckt war, war ein junges Mädchen von höchstens zweiundzwanzig Jahren. Die Wangen waren äußerst blühend und gesund, aber für die gewöhnliche Vorstellung von Schönheit viel zu viel gebräunt. Die Stirne war lichter, aber doch noch dunkel genug Die Augen waren bedeutend groß und glänzend und schienen mir in dem ersten Augenblicke schwarz. Die dunkeln Haare waren vorne gescheitelt und hinten in einem Geflechte mit einer goldenen Quernadel empor geheftet. Der Anzug war ein häuslicher und deutscher.

»Ich bitte nur herein zu treten«, sagte ich.

Sie gingen herein.

»Lege nur die Linnenzeuge dort auf den Waschtisch hin, Cornelia«, sagte die jüngere, »stelle die Flaschen dazu, und dann bist du schon fertig.«

Die Alte tat, wie ihr befohlen worden war, und ging dann wieder fort.

Das junge Mädchen war nun allein bei mir, es sah mich mit den großen Augen ruhig an und sagte: »Ich bin die Tochter des Franz Rikar; Sie haben ihn einmal in Wien in einer langen Krankheit gepflegt und gewartet; er ist noch gestern, da Sie schon schlafen gegangen waren, zu mir in mein Zimmer gekommen und hat mir gesagt, daß Sie da seien, und daß Sie vielleicht länger bleiben würden, ehe Sie Ihre Reise nach Italien wieder fortsetzten. Ich bin also heute früh zu Ihnen gegangen, um Ihnen auf die herzlichste und innigste Weise, die es nur auf Erden gibt, zu danken und Sie willkommen zu heißen.«

»Ach, Fräulein«, antwortete ich, »was ich getan habe, ist so einfach und natürlich, daß es keiner Rede wert ist.«

»Es ist einfach und natürlich«, sagte sie, »viele Menschen würden so handeln; aber eben so einfach und natürlich ist es, daß derjenige, gegen den die Handlung gerichtet war, sich bedankt. Ich stehe gewöhnlich vor Sonnenaufgang auf, ich hatte mir gleich gestern vorgenommen, zu Ihnen zu gehen, und da ich heute in einer Verrichtung an Ihrem Zimmer vorbei ging und Sie in demselben herum gehen hörte, holte ich mir die Amme Cornelia, daß sie zugleich besseres Linnen und Wasser mit herein brächte, und wir versuchten, ob wir schon zu Ihnen kommen dürften. Sie waren wirklich angekleidet, und somit danke ich Ihnen noch einmal, verehrter Herr, was Sie an dem Manne getan haben.« 535

»Ich bitte Sie sehr«, antwortete ich, »von dem Danke nichts weiter zu erwähnen.«

»Der Vater hat mir auch gesagt«, entgegnete sie, »daß Sie ein Landwirt seien, daß Sie Felder und Gärten haben, und daß Sie von der Pflege dieser Dinge mit vieler Liebe und Wärme gesprochen haben. Sehen Sie, das ist sehr schön und lieb von Ihnen. Sie sind wahrscheinlich als Landwirt gewohnt, sehr früh aufzustehen, die andern schlafen noch, obwohl die Sonne schon aufgegangen ist; wenn es Ihnen daher nicht unangenehm wäre, so würde ich Sie vor dem Frühmahle ein wenig herum führen. Sie sehen, ich bin darnach angekleidet.«

Wirklich war sie zu einem solchen Zwecke gut gekleidet. Ich hatte den Anzug, da sie so vor mir stand, schon früher bemerkt. Die Kleider waren kurz und von einem Stoffe, der, wenn er beschmutzt wird, leicht zu reinigen ist. An den Füßen hatte sie zwar schlanke, aber feste und weit hinauf reichende Stiefelchen an.

Ich sagte, daß mir ihr Antrag großes Vergnügen mache, und daß ich sofort bereit sei.

Ich nahm meinen Hut, wir verließen das Zimmer und gingen die Treppen hinab.

Als wir in die Halle gekommen waren, in der gestern das Mütterlein die Lampe angezündet hatte, sagte sie, ich solle ein wenig warten, sie habe noch etwas zu tun. Sie ging in eine ebenerdige Stube hinein, und ich hörte sie dort reden.

Sie sprach immer in schönem, reinem Deutsch, und ich hatte schon in meinem Zimmer gesehen, daß, wenn sie die sehr gut gefärbten Lippen auftat, zwei Reihen sehr schöner und gesunder Zähne zum Vorscheine kamen.

Als sie aus der Stube heraus trat, nahm sie einen Strohhut, der an einem Nagel in der Halle hing, herab, setzte ihn auf und sagte: »Nun bin ich in Bereitschaft, kommen Sie.«

Wir gingen aus der Halle in den Garten. Was ich zum Teile schon von ihm gesehen hatte, bestätigte sich in ganzem Umfange. Er war durchaus ein Nutzgarten, sehr viele Obstbäume, teils Zwerg- und Lattenobst, teils hohe, reiche Stämme, standen auf dem Raume umher und hatten die Blumen und eine große Menge verschiedener Gemüse unter sich. Da wir uns etwas weiter entfernt hatten, sah ich auch, was ich schon fast vermutet hatte, daß wirklich da keine Ortschaft liege, sondern daß dieses Haus das einzige sei, das sich mit seinen Anlagen in dem Tale der Hochebene befinde. Gegen Norden, wohin ich früher keinen Blick gehabt hatte, zeigte sich in geringer Entfernung eine bedeutende Felsenmauer, welche das ganze Anwesen vor kalten Winden schützte. Das Haus, welches ich nun auch übersah, hatte zwei Stockwerke, war nicht zu weitläufig und nicht zu klein, und war von einigen Wirtschaftsgebäuden umgeben, die offenbar erst in neuerer Zeit gebaut worden waren. Die Mauern des Hauses waren glänzend weiß übertüncht. Meine Begleiterin schien diese meine schnellen Blicke auf die Lage des Ganzen nicht zu bemerken, weil ihr selber ja alles längst bekannt und geläufig war. Sie ging voraus, so lange der Weg enge war, wies auf verschiedene Dinge und sprach über sie.

Als ich ihr meine Bemerkung mitteilte, daß hier die Blumen nach Gattungen bei einander stehen, sagte sie: »Die Pflanzen sind in ihren Bedürfnissen äußerst verschieden, daher kann man nicht jeder Gattung geben, was ihr not tut, wenn alle unter einander stehen. Ich setzte sie daher allein, daß ich jede genau nach ihrer Art pflegen kann. Seit wir die Pflanzen verkaufen, ist es natürlich um so mehr notwendig, daß die einzelnen Gattungen sehr schön seien.«

»Also haben Sie selber alle diese Pflanzen gesetzt?« fragte ich.

»Nicht gerade ich selber«, antwortete sie, »aber mit Beihilfe der Leute, die zu dieser Beschäftigung aufgenommen worden sind. Es ist sehr schön, wenn man den Dingen die ihnen zugeartete Erde geben kann, wenn man sie nach ihrem Begehren feucht oder trocken halten und ihnen nach Wunsch Licht und Schatten erteilen kann. Dann sind sie auch dankbar, und werden so schön, wie man es vorher kaum geahnt hatte. Sehen Sie einmal.«

Mit diesen Worten beugte sie sich nieder und fuhr mit der Hand über einen sehr dunkeln Wald von Ranunkeln. Ich hatte wirklich nie diese stämmigen, festen, hohen und dunkeln Ranunkelblätter gesehen. Ich sagte es ihr.

»Nicht wahr?« erwiderte sie, und hatte ihre Freude darüber.

Dann zeigte sie mir auch ihre Nelken, Levkojen, Rosen und anderes; sie zeigte mir ihre Tulpenbeete und die, wo sie die Hyazinthen aus Samen ziehe.

»Ich habe«, sagte sie, »wenn ihnen die Zeiten ganz besonders günstig waren, schönere Zwiebeln bekommen, als die sind, die man aus Haarlem bezieht.«

Dann gingen wir um eine Ecke zu den Gewächshäusern. Sie waren sonderbarer Weise sehr viele und meistens kleine, in deren einzelnen immer die zusammengehörigen Gattungen standen. Ich mußte mich fast bücken, da ich durch die gläsernen Kästchen ging. Auch hier waren die einzelnen Pflanzen sehr schön. Auf meine Bemerkung, daß größtenteils Modegewächse da stünden, wie ich sie jetzt gar so viel auf meiner Reise gesehen hätte, antwortete sie: »Ich habe Ihnen ja gesagt, daß wir die Pflanzen verkaufen, ich zöge sie freilich lieber nach meinem Herzen, aber zu unserem Zwecke müssen wir solche haben, die die Leute wollen. Die Leute sind aber auch sehr gütig und nehmen unsere Ware gerne. Wir haben mehrere Esel, wovon täglich einige mit Ladung nach Sankt Gustav hinab gehen, und von dort an den See, wo die Sachen dann von

538

verschiedenen Händlern weiter verführt werden. Sie würden gewiß in mancher Uferstadt von unserem Obste essen, wenn Sie zur Zeit der hiesigen Reife dort wären. Aber es geht auch noch weiter hinab, es geht bis dorthin, wo sie viel bessern Boden haben als wir hier; aber bei uns in den Steinen wird das Obst kräftiger, und es kommt nur darauf an, daß man die gehörige Sorge darauf verwende.«

Da sie so von dem Obste sprach, und ich auf die Bäume sah und an jedem ein Blechtäfelchen bemerkte, auf dem die Art geschrieben war, da ich überhaupt die Reinlichkeit und gute Haltung der Bäume sah, fragte ich sie, ob sie auch über die Bäume so wie über die kleineren Gewächse die Oberaufsicht führe.

»Freilich«, sagte sie, »ich habe ja die jüngeren alle mit Hilfe unserer Leute gesetzt.«

»Das ist ja nicht möglich«, antwortete ich, indem ich ihr in das Angesicht sah.

»Sie halten mich wahrscheinlich für viel zu jung«, sagte sie, »ich bin jetzt fünfundzwanzig Jahre alt. Vor etwas mehr als sechs Jahren haben wir die Stämmchen gesetzt. Sie gedeihen vortrefflich. Die älteren sind noch von dem Urgroßvater her. Vor mehreren Menschenaltern glaubte man allgemein, daß diese Gegend durchaus nicht im Stande sei, Bäume zu tragen; aber es ist nicht wahr, wenn man nur beim Setzen recht tiefe und große Gruben lockert.«

539

»Aber«, sagte ich, »wo haben Sie denn die Kenntnisse hergenommen, die man, wie ich zu meinem Schaden recht gut weiß, zu diesen Dingen unumgänglich braucht?«

»Wo?« antwortete sie, »aus Büchern. Das sah ich wohl ein, daß ich aus mir selber nichts wisse. Wo sollte ich nun die Kenntnisse finden als in Büchern, in denen sie stehen? Ich kaufte und lieh mir dieselben zusammen, und lernte. Freilich ist mir hier ein Freund an die Hand gegangen, der mir die Wahl erleichterte und mich wohl selber oft unterrichtete. Er hat in der Nähe ein großes Besitztum und ist jetzt verreist. Da er täglich zurück kommen soll, so können Sie ihn kennen lernen, wenn Sie sich länger aufhalten, er ist ein vortrefflicher, außerordentlicher Mensch. Er kömmt, wenn es seine Geschäfte ein wenig zulassen, zu öfteren Zeiten zu uns herauf. Ich weiß nicht genau, woher ich mehr lernte, aus den Büchern oder aus seinem Unterrichte. Übrigens hoffe ich schon nach und nach noch mehr zu lernen, was ich brauche.«

Wir waren während dieses Gespräches unter den Bäumen in einem großen Bogen herum gegangen, und waren allgemach in die nördliche Gegend des Hauses gekommen, wo der Garten mehr den Anblick eines Vergnügungsplatzes gewann. Es war eine Kreisfläche von gestreutem Sande da, in deren Mitte ein Wasserbecken ruhte, das zwar den Stift, nicht aber den Strahl eines Springbrunnens hatte – es war eine gezimmerte Laube da, in der man essen oder sonst sich versammeln konnte, und es war in einiger Entfernung ein Kastanienwäldchen aus alten Bäumen, in deren Schatten man sich erfrischen konnte.

Wir gingen quer Über die Sandfläche hin.

»Die Schwester hat wieder den Springbrunnen stehen gelassen«, sagte meine Begleiterin, ging gegen das Becken, schürzte den Arm auf, kniete auf den Steinrand, beugte sich vor und öffnete mit der Hand den Hahn, der an der messingenen Spitze des Springbrunnenrohres angebracht war. Das zurückgehaltene Wasser schoß in einem mächtigen Strahle empor. 540

»Sehen Sie, wie das prächtig ist«, sagte sie, nachdem sie aufgestanden war, sich die Hand abgewischt hatte und wieder zu mir zurück gekommen war.

Wir gingen hierauf durch die Anlagen bis in das Freie hinaus, woselbst, wie ich schon früher bemerkt hatte, auch noch Baume zwischen den Steinen auf ihren gelockerten Plätzen standen. Meine Begleiterin ging mit ihren Stiefelchen, ohne weiter darauf zu achten, durch das tauige Gras. Als wir bis zu einer Stelle gekommen waren, wo wieder eine leichte Mauer von losen, zusammen gelesenen Steinen lag, und wo man recht schön gegen die Felsenwand hinsehen konnte, die gegen Norden den Gesichtskreis schloß, blieb sie stehen und sagte: »Hier ist die Grenze unseres Besitztumes. Nur eine Kleinigkeit haben wir noch dort an dem Felsen, wo Sie den Rauch aufsteigen sehen; wir haben den dortigen Grund angeschafft, weil er zu den Erdbrennereien so geeignet ist. Das ganze Anwesen ist klein, ich habe Ihnen alles gezeigt. Es ist nichts mehr übrig. Es wurde bisher daraus gemacht, was nach den Verhältnissen daraus zu machen war; aber es wird schon noch besser werden. – Sie müssen gewiß lächeln, wenn Sie das ansehen. Bei Ihnen, denke ich, wird das alles weiter und breiter und prächtiger sein. Wenn man so durch mächtige Felder und Wiesen wandelt, muß das einen erhebenden Umblick gewähren. Felder und Wiesen haben wir nicht, weil der Grund, den wir geerbt haben, zu klein dazu ist. Auch sind seit

Menschengedenken keine Felder hier gewesen; aber ich denke, warum 541 soll es nicht möglich sein, da doch Bäume, die so tief wurzeln, da Blumen, Kräuter und Gemüse gedeihen, und der Regen nicht gar so selten ist. Grund und Boden wäre hier nicht teuer – denken Sie nur, wie es schön wäre, wenn da bis zur Felsenwand im Frühlinge die Saaten stünden, und im Sommer die hohen Wagen belastet würden.«

»Ich zweifle keinen Augenblick, daß es möglich wäre«, gab ich zur Antwort, indem ich die Fläche mit den Augen prüfte.

»Sehen Sie, ich auch nicht«, sagte sie, »es sind schon viele Dinge auf der Welt geworden, wie in den Büchern der Geschichte steht. – Wer weiß, was noch geschieht, wenn man nur zum Geschehen ein wenig nachhilft. An mir sollte es wahrlich nicht fehlen.«

Wir blieben noch eine Weile stehen und schauten gegen das nasse, in der Sonne funkelnde Gras der Haide. Dann wendeten wir uns zum Rückwege.

Sie führte mich durch die andere Seite des Gartens zurück. Dieselbe war ungefähr wie die, die wir bisher durchwandert hatten. Es zeigte jegliches denselben Zweck: Verwertung der Gewächse. Meine Begleiterin zeigte mir manches und erklärte mir verschiedene Dinge, die ich da anders fand als sonst wo.

Als wir in die Eingangshalle gekommen waren, hing sie ihren Strohhut wieder auf den Nagel und führte mich die Treppen zu meinen Zimmern empor. An der Tür derselben machte sie mich auf ein im Futter des Holzes befindliches Fach aufmerksam und sagte: »Solche Fächer haben wir bei allen Türen machen lassen, um dem ewigen Verlegen der Schlüssel vorzubeugen. So macht man auf.« Sie zeigte mir mit diesen Worten, wie man verfahren müsse, damit der Deckel des Faches aufspringe.

»Da legen Sie den Schlüssel hinein, wenn Sie fort gehen, und da werden Sie ihn wieder finden«, sagte sie. »Ich muß Sie jetzt verlassen, 542 um mich zum Frühmahle anzukleiden, bleiben Sie in Ihren Zimmern, ich werde Sie durch die Amme holen lassen; denn es ist nicht mehr viel Zeit übrig.«

»Ich danke Ihnen recht schön, mein Fräulein, für Ihre Güte und Freundlichkeit«, sagte ich.

»Sie sind mir durchaus, durchaus keinen Dank schuldig«, antwortete sie, verneigte sich, und ging in dem Gange zurück, woher wir gekommen waren.

Ich nahm nun den Schlüssel, den ich während des Spazierganges in der Tasche getragen hatte, heraus, sperrte meine Zimmer auf, trat ein und legte den Hut auf den Tisch.

Die Verhältnisse meines Freundes Rikar sind also der Art, dachte ich, daß es mit dem Plane, den ich in Hinsicht seiner gefaßt hatte, nichts ist. Da das kleine Anwesen, welches ich so eben durchwandert hatte, und das Haus, in dem ich übernachtet hatte, sein Eigentum sind; da er eine Tochter hat, die dieses alles verwaltet, und da diese noch von einer weitern Schwester gesprochen hat, die den Springbrunnen stehen gelassen habe, so ist von irgendeiner Versetzung auf einen andern Grund und Boden keine Rede. Auch muß ihn die Wirtschaft, wie ich das aus meiner eigenen Erfahrung kenne, hinreichend nähren. Welche nun auch noch immer seine ferneren Verhältnisse sein mögen, die Ursache, aus der ich gekommen bin, ist dahin. Ich vergrub sie daher in meine Brust und nahm mir vor, mit keinem Menschen weiter davon zu reden.

Daß meine Begleiterin meine Verlegenheit nicht bemerkte, in die ich geriet, als ich gewahr wurde, daß ich nicht zu einem armen Manne, gleichsam zu einem Bettler gekommen sei, wie ich aus den Mitteilungen zu Meran vermuten mußte, war natürlich, da sie ja gar nicht ahnen konnte, daß ich nicht wisse, daß das Haus, in dem ich mich befinde, Eigentum des Franz Rikar sei. Ich ließ also alles gut sein und beschloß, in weiterer Zeit schon zu ermessen, wie ich mich der anderweitigen Lage der Dinge nach zu benehmen hätte.

543

Mir war wohl während des Spazierganges auch das nächtliche Geigenspiel eingefallen, aber ich fragte nicht darüber, weil ich nicht zudringlich erscheinen wollte, und weil sich ja alles von selber entwickeln müsse, wenn noch einige Zeit verginge.

Als ich so eine Weile nachgedacht hatte, fiel mir auch das Frühstück ein, und daß ich dabei zu erscheinen hätte. Ich nahm daher ein Tuch und verwischte so viel als möglich die Spuren des heutigen Morgenspazierganges an meinen Kleidern, ordnete meine Haare vor einem Spiegel, und erwartete so gerüstet die Ankunft der Amme.

Sie ließ nicht gar lange warten. Das alte Mütterlein mit dem Bilderangesichte, das also, wie ich bereits wußte, die Amme war, kam nach ehrerbietigem Klopfen zu mir herein und sagte, sie habe den Auftrag, den Herrn in die Speisestube zu führen.

Ich folgte ihr, sie führte mich eine Treppe hinab, dann durch einen langen Gang, öffnete hierauf den Flügel einer hohen Tür und sagte, ich solle eintreten.

Ich trat ein. Das Gemach war ein ziemlich hoher Saal, dessen Fußboden mit schönem, verschiedenartigem Marmor belegt war. Die Wände hatten hohe Fenster, sie hatten einige nicht unbedeutende Wandgemälde, sonst aber nichts Auffallendes. In der Mitte des Saales stand der gedeckte Tisch, mit den verschiedenen Geräten und Speisen eines Frühstückes versehen. An der oberen Seite des Tisches in einem wohlgepolsterten und fast thronartigen Sessel saß eine ältliche Frau, deren Züge einstige und vielleicht große Schönheit verrieten. Sie war in reines Weiß gekleidet, und die gefaltete Krause der Haube lief schön um die feinen, lieblichen, aber verblühten Züge des Antlitzes. Ihre noch schönen Hände, die mit dem einzigen einfachen Goldreife der Ehe geziert waren, gingen aus dem Weiß der weiten Ärmel hervor. Neben dieser Frau saß ein junges, sehr schönes Mädchen, ebenfalls in völliges Weiß gekleidet. Es hatte dieselben Züge wie meine Begleiterin, nur viel zarter und lichter gefärbt. Auf der andern Seite saß mein Reisefreund in seinem gewöhnlichen Schwarz. Meine Morgenbegleiterin war noch nicht da.

Als ich eingetreten war, standen alle auf. Mein Reisefreund ging mir entgegen, nahm mich an der Hand, führte mich zu der Frau und sagte, indem er meinen Namen nannte: »Diese ist meine vielgeliebte Gattin Victoria, die mir schon durch eine Reihe von Jahren die Bürde des Lebens tragen hilft. Bleibe nur auf deinem Sitze, Victoria, mein Freund soll nicht wie ein Fremder behandelt werden.«

»Seid mir recht vielmal und aufrichtig in unserem Hause willkommen«, sagte sie, »bleibt lange bei uns, und seid wie ein Glied unserer Familie; denn Ihr seid einmal mit meinem Gatten sehr gut gewesen, und das vergessen wir, wenigstens in unserer Familie, nie.«

Nach diesen Worten, die sie in sehr schönem Deutsch gesprochen hatte, verbeugte sie sich und setzte sich wieder in ihren Sessel nieder.

»Diese ist mein liebes Kind Camilla«, sagte mein Freund, indem er mich dem jungen Mädchen vorstellte.

Das Mädchen neigte sich sehr sittsam und errötete ein wenig; es öffnete aber den Mund nicht, um etwas zu reden. Ich verneigte mich, und schwieg ebenfalls.

»Die zweite von den Schwestern ist noch nicht da«, sagte mein Reisefreund.

In diesem Augenblicke öffnete sich die Tür, und meine Morgenbegleiterin trat ein. Sie war völlig umgekleidet, und hatte ein langes, eben so schönes weißes Kleid an wie die andere. 545

»Diese ist meine zweite Tochter, Maria«, sagte mein Freund, indem er die Hand gegen das näher kommende Mädchen streckte, »ein anderes Kind haben wir nicht mehr, diese zwei schließen den Kreis unserer Familie.«

»Vater, ich kenne unsern Gast schon«, antwortete das Mädchen, »wir sind heute morgens mit einander in dem Garten herum gegangen.«

»Also hast du ihn schon herum geführt und ihm vielleicht seine Morgenzeit genommen«, sagte der Vater.

»Wenn er zu Hause auch solche Dinge hat, so müssen ihn ja diese hier freuen, wenn sie gleich den seinen nachstehen«, antwortete Maria.

»Sie freuten mich in der Tat«, sagte ich, »und ich hätte meinen Morgen nicht besser und angenehmer zubringen können. Übrigens, wenn Sie glauben, daß meine Gewächse zu Hause schöner seien als die Ihrigen hier, so irren Sie sehr; sie sind nicht nur nicht schöner, sondern es wird überhaupt nicht viele so schöne geben.« – »Das kann dich freuen, Maria«, sagte der Vater. Das Mädchen wurde bei dieser Rede purpurrot, viel röter, als es sich aus diesem Anlasse hätte ergeben sollen. Die andern sahen freundlich, und wir setzten uns zu dem Frühstücke nieder.

»Verzeiht, daß wir Euch nicht schon gestern empfangen haben«, sagte die Mutter, »aber wir haben von Eurer Ankunft nichts gewußt Mein Gatte wollte wahrscheinlich mich und Camilla, die wir uns bald in unsere Zimmer zurück gezogen hatten, nicht stören.«

»Mir hat es der Vater wohl gestern noch gesagt«, erwiderte Maria, »aber erst so spät, daß von einem Empfange keine Rede mehr sein konnte. Als ich des Abends ein kleines Mahl für einen Gast des Vaters bereiten sah, konnte ich freilich nicht ahnen, wer dieser Gast sei.«

Unter diesen Worten begann das Frühstück, es war ein einfaches deutsches mit einigen kleinen Zutaten, die wohl meinetwegen vorhanden 546 sein mochten. Es wurde während desselben von manchen Dingen gesprochen, und hauptsächlich aus Höflichkeit gegen mich meiner Reise erwähnt, von der ich erzählen mußte.

Als wir von dem Tische aufgestanden waren, baten mich Rikar und seine Gattin, nun längere Zeit bei ihnen zu bleiben.

»Da Eure Reise«, sagte er, »eine Vergnügungsreise ist, so werden ihr mehrere Tage wohl keinen Abbruch tun; da Ihr einmal hier seid, da Ihr so gut gegen mich gewesen seid wie kein anderer fremder Mensch, und da vielleicht viele Jahre vergehen können, bis Ihr wieder einmal in diese Gegend kommt, so könnet Ihr wohl einige Zeit in unserer Familie zubringen, um zu sehen, wie wir hier mit einander leben – Ihr könnt mehrere Wochen oder Monate in unserem Hause zubringen, das so einsam und abgeschieden von der Welt daliegt.«

Da ich nun wirklich die Verhältnisse hier ganz anders gefunden hatte, als ich erwarten konnte, und da mich in der Tat die ungemein herzliche und freundliche Aufnahme in dieser angenehmen Familie ungewöhnlich freute und mir einsamen Menschen sehr wohl tat, so war ich nicht abgeneigt, auf einige Zeit meinen Aufenthaltsort hier aufzuschlagen.

Ich sagte daher: »Es freut mich sehr, so gütig und zuvorkommend eingeladen zu werden, ich nehme die Einladung mit vielem Danke an; aber da ich nur so auf das Ungewisse hin, und bloß um meinen Freund vorerst zu finden, herauf gegangen bin, so bin ich durchaus mit nichts versehen, was auch nur zu einem Aufenthalte von einigen Tagen unumgänglich nötig ist, auch wartet ein Fährmann am See auf mich: es wäre daher sehr wünschenswert, wenn ich einen Boten bekäme, der zu meinem Fährmanne am See eine Botschaft brächte, und zu dem Wirte nach 547 Riva, wo ich mein Gepäcke habe, einen Brief trüge. Unter dieser Bedingung kann ich einige Zeit hier verweilen, sonst muß ich selber heute noch zu dem See hinab gehen.«

»Einen Boten könnt Ihr ja sogleich von unsern Leuten haben«, sagte Rikar, »geht nur auf Eure Stube, wo Ihr Schreibzeug findet, und fertigt den Brief an, alles wird bald in Ordnung sein. Und wenn Ihr geschrieben habt, so werde ich zu Euch kommen, daß wir uns bereden, wie wir den heutigen Tag zubringen wollen.«

Das war nun gut Ich erklärte meine Bereitwilligkeit, zu schreiben, wir trennten uns vorläufig, und ich ging auf mein Zimmer.

Dort schrieb ich an den Wirt zu Riva, ich sende ihm hier meinen Schlüssel, der die Lade öffne, in welcher meine Kleider liegen, die ich zu dem gewöhnlichen Gebrauche bedarf. Diese möchte er mir durch den Boten schicken. Den Koffer und das andere, was sich noch in dem Zimmer befinde, möchte er stehen lassen, bis ich nach Riva zurückkehre.

Als ich diesen Brief beendigt und gesiegelt hatte, pochte es an die Tür, und Maria kam mit einem ältlichen Manne herein.

»Das ist der Bote«, sagte sie, »der Ihre Sache gut besorgen wird. Battista, merke wohl auf, was dir dieser Herr sagt, und tue genau so, wie er es haben will, ich werde schon auf dich denken.«

»Ja, Signora, ich werde es genau tun«, sagte der Mann.

Ich gab ihm hierauf das Fahrgeld, welches ich dem guten Gerardo schuldig war, und ließ demselben sagen, daß er nach Hause fahren möchte, und daß ich ihn schon noch besuchen würde, wenn ich nach Riva zurück gekommen wäre. Zum Zeichen, daß ich es sei, der den Boten schicke, gab ich demselben meine Ledertasche mit, und sagte ihm auch, er möge alle meine Dinge, die noch in Gerardos Schiff seien, zu dem Wirte nach Riva bringen, dem er auch diesen Brief übergeben solle, worauf er mit den Sachen, die er von dem Wirte erhalten würde, wieder hieher zurück kommen müsse. 548

Als ich den Boten so unterrichtet hatte, und als ich mir von ihm die ganze Botschaft noch einmal hatte wiederholen lassen, entließ ich ihn.

Hierauf kam sogleich Rikar mit seiner Gattin zu mir herauf und sagte: »Ich drücke Euch noch einmal meine Freude aus, lieber Herr, daß Ihr hier bleibt, nehmt vorlieb mit dem, was wir bieten können, wir werden suchen, Euch den Aufenthalt so angenehm zu machen, als es möglich ist, und wünschen, daß Ihr denselben recht lange, lange hinaus dauern lassen möget. Jetzt sagt nur, wie wünschet Ihr den heutigen Tag zuzubringen, und was soll ich tun, daß er Euch auf das angenehmste verfließe?«

»Freund Rikar«, antwortete ich, »wenn Ihr mir den Aufenthalt so angenehm machen wollt, als es mein Wunsch ist, so ändert in Eurem ganzen Hauswesen gar nichts, als daß um eine Person mehr ist; nehmet an, diese Person sei schon lange hier und gehe im Hause herum, wie es etwa ein weitläufiger Verwandter tun würde, der bei Euch im Hause lebte. Je weniger ich Euch gebunden fühle, je weniger ich selber gebunden bin, desto leichter und freier und angenehmer vermag ich mich zu bewegen. Was den heutigen Tag anbelangt, so bin ich durch meine Beschäftigung gewohnt, mich viel zu bewegen, ich würde daher jetzt, wenn nichts dagegen ist, einen Spaziergang machen. Ohnehin ist Eure Gattin noch in Morgenkleidern, vieles in dem Hause mag zu ordnen sein, und Ihr dürftet vielleicht selber einige Geschäfte haben. Wenn ich von dem Spaziergange zurück komme und Ihr Zeit habt, so würde ich Euch ein wenig um Eure Gesellschaft bitten, ob Ihr mir vielleicht manches in

Eurem Hause zeigen wollt, wie man es gerne mit Freunden tut, oder
549 ob Ihr auf eine andere Weise die Zeit hinbringen wollt.«

»Seid in unserem Hause ganz unabhängig, und tut, wie es Euch gefällt«, sagte die Mutter, »in dem Gange des ersten Stockwerkes, Zahl sechs, ist eine Tür, welche zu meinen und Camillas Zimmern führt. Sie stehen täglich von zehn Uhr morgens an offen; wollt Ihr uns besuchen, so wird es uns sehr freuen. Im übrigen kommt und geht, wie es Euch beliebt, und benehmt Euch nach Wohlgefallen: nur bedenkt immer, daß Ihr bei Freunden seid, die Euch sehr wohlwollen.«

»Ich danke noch einmal auf das wärmste für die freundliche Aufnahme und Einladung«, sagte ich, »die größte Freude, die mir bisher in Eurem Hause zu Teil wurde, Freund Rikar, ist die, daß ich Euch so wohlbehalten in dem Schoße einer lieben Familie finde.«

»Das bin ich, das bin ich«, sagte er, indem er meine dargereichte Hand annahm und sie schüttelte.

Hierauf beurlaubte er sich mit seiner Gattin, um mich nicht ferner zu beirren, und Maria, die schweigend da gestanden war, folgte ihnen.

Weil nun wirklich in meinen Zimmern noch nicht zusammen geräumt war, da ich den Schlüssel in der Tasche herum getragen hatte, und weil es meine Gewohnheit ist, mir in jedem neuen Aufenthaltsorte die Gegend zu beschauen, so beschloß ich, meinen Spaziergang zu machen.

Ich nahm den Hut, ging zur Tür hinaus, sperrte sie ab und legte den Schlüssel in das Fach, welches mir Maria anempfohlen hatte. Ich ging über die Treppen durch die Halle, und durch den großen Gartenweg hinaus. Dort wendete ich mich aber seitwärts, um nach der entgegengesetzten Seite zu gelangen, als von der ich gestern gekommen war, und wo möglich eine Anhöhe zu gewinnen, um herum schauen zu können. Ich war sehr bald aus den grünen Anlagen und befand mich jenseits
550 des Besitztums. Hier war es wirklich wieder so wie dort, wo ich mich gestern genähert hatte. Das Haus mit seinen Anlagen war der einzige bewohnte Fleck auf der Hochebene. Ich ging nun über denselben fahlen Rasen, wie gestern, und über dasselbe harte Gestein, nur daß jetzt ein tiefblauer Himmel und seine funkelnde Morgensonne darüber schwebten.

Der Tau war schon von den kurzen Gräsern gewichen, die Luft war noch nicht heiß, sondern erquickte, und ich ging daher gerne immer weiter und weiter. Bei meinem Bestreben, auf eine Anhöhe zu gelangen, wo freilich die Felsen immer mehrere wurden, unterstützte mich der Rasen; denn wie dicht auch das Gestein starren mochte, so zog sich doch immer wenigstens ein dünner Streifen Grün hindurch, auf dem ich empor gehen, und in dessen Lockerheit ich meinen Fuß einsetzen konnte. Meine Mühe belohnte sich nach und nach, und ich kam immer höher hinauf. Endlich war ich auf der Wölbung des Hügels, wie ich bezweckt hatte, angekommen. Ich wendete mich um und sah auf das Ganze hinab. Welche Einsamkeit! Wie eine Insel lag das weiße, übertünchte Haus mit dem Grün seiner Bäume und Gemüse in dem allgemeinen grau, blau und violettlich duftenden Grunde, der eine Gestalt hatte wie überall auf der Höhe des Gebirges. Die Schindeldächer des Hauses hoben sich nicht einmal von der Allgemeinheit des Ganzen heraus, sondern waren in ihrem Grau wie über dem Hause schwebende Steine. Das ältere Holzwerk, welches angebaut war, erschien ebenfalls in der aschenhaften Farbe, so daß das weiße Haus und das frische Grün der Bäume und Gewächse in der Unendlichkeit und Breite dieser einförmigen Umgebung von ferne aussah wie eine weiß und grün gestickte Rose auf grauem Grunde. Und über das Ganze war ein so tiefes Schweigen ausgebreitet, daß gerade die Feierlichkeit der Öde durch dieses menschliche Haus eher vermehrt als vermindert wurde.

551

Wie es mir jedes Mal geschieht, daß, wenn ich einmal im Gehen bin, ich immer weiter gehe, so geschah es mir auch hier. Ich beschloß, da ich diese Ansicht genossen hatte, nun noch höher zu steigen, um eine noch weitere zu genießen. Ich wollte wo möglich den höchsten Kamm der Felsen zu erreichen suchen. Derselbe lag in jener Reihe, die sich im Norden des Hauses dahin zog. Ich ging frisch an die Unternehmung und harrte trotz der größer werdenden Hitze aus. So gelangte ich endlich auf die Schneidelinie des Gesteins, von der ich auch in die jenseitigen Gegenden hinab sah. Ich sah aber auch die ganze Linie des Weges, auf dem ich gestern von dem Bühel des Hieronymus bis hieher gegangen war. Ich erblickte Spitze an Spitze in demselben Grau wie bisher; nur weit draußen zwischen matten Zinken lag das frische Blau sehr ferner Berge, wie ich es in meiner Heimat zu sehen gewohnt war. Den Dunststreifen der Lombardie sah ich nirgends, ich wußte auch gar nicht, in welcher Richtung er sein sollte.

Ich sah rechts, ich sah links in verschiedenen Richtungen. Überall war die größte Mannigfaltigkeit der Gestalten, und überall doch die größte Gleichmäßigkeit, und überall das blauliche Heraufdämmern der Schatten aus den Gründen.

Als ich lange gestanden war, und als ich lange herum geschaut hatte, und als die Sonne bereits schon einen großen Teil ihres Vormittagsbogens zurück gelegt hatte, dachte ich an den Rückweg. Ich wollte denselben nicht auf den Umkreisen, auf denen ich herauf gekommen war, zurück legen, sondern ich sah mich nach der geradesten Richtung um. Allein diese hatte die größten Schwierigkeiten, und ich wäre in üble Lagen gekommen, wenn mir nicht meine Gewandtheit im Bergsteigen, die ich mir in meinen Jünglingsjahren erworben hatte, beigestanden wäre. Nach dem verwickeltsten Klettern in gebrochenen und in zertrüm- 552 merten Linien kam ich endlich nicht weit von dem Rauche, wo Rikar die Erden brennen läßt, herunter, und ging auf dem straffen und schwellenden Rasen dem Hause zu.

Als ich in meine Zimmer gekommen war, sah ich, daß dieselben nicht mehr meine Zimmer von gestern waren. Alles war in denselben im Laufe des Vormittages verändert worden, und ich traf noch die Leute, welche eben im Begriffe waren, die Veränderungen zu vollenden.

Auf mein Befragen antwortete der Mann, den ich schon gestern als Gärtner oder dergleichen beim Aufdecken zu meinem und Rikars Abendmahle bemerkt hatte: »Eigentlich hat uns Signora Maria schon am Morgen in der Halle unten, da Ihr mit ihr in den Garten ginget, den Auftrag gegeben, diese Geräte nach und nach in die Zimmer zu tragen; aber da der Zimmerschlüssel nicht in seinem Behältnisse lag, konnten wir nichts tun. Deshalb haben wir es jetzt bewerkstelliget, da Ihr aus waret, damit wir Euch nicht beunruhigten. Nur noch die Sessel sind herein zu stellen, und dann sind wir fertig.«

Also das war es, dachte ich, was sie am Morgen, da sie den Strohhut genommen hatte, noch zu befehlen gehabt hatte, und darum war es, daß sie mir sagte, daß ich den Schlüssel immer in sein Fach legen sollte.

Man hatte mich nicht nur besser eingerichtet, sondern meine zwei Zimmer auch noch mit einem dritten vermehrt. Die Tür nämlich, vor welcher der Kasten gestanden war, war geöffnet, und ich konnte in das angrenzende Zimmer gehen, dessen Fenster nach Norden schauten und mir die Felsenwand und den Rauch vor ihr, der etwas näher herwärts war, und den funkelnden Strahl des Springbrunnens ganz in meiner Nähe zeigten. Die Geräte, die ich jetzt hatte, waren ganz neu. Was zur Annehmlichkeit und Bequemlichkeit beitragen konnte, war da. Ein anderes Bettgestelle, andere Sessel, andere Kästen, schöne Tische, ein Sofa 553 mit schwellenden Kissen, ein Schreibtisch, mit allem Notwendigen versehen, eine Wanduhr, die ihr geselliges Picken ertönen ließ, Vorhänge, die in blendender Weiße die Fenster deckten und die Zimmer mit lauschender Dämmerung füllten, und endlich ein großer Stoß von Büchern, die auf einem Gestelle lagen und auf mein Beschauen und Untersuchen warteten. Ich muß gestehen, daß ich so schwach war, daß mich diese Aufmerksamkeit sehr freute. Was mir aber demohngeachtet wieder abging, waren Bilder, es hing nämlich kein einziges, nicht einmal der allerunbedeutendste Holzschnitt, an der Wand. Es war diese Bemerkung von meiner Seite natürlich, indem ich von meinem Hause gewohnt war, mich immer von den Kupferstichen der Tante umgeben zu fühlen. Auch besaß ich einige wertvolle alte Bilder, die in einigen Zimmern zerstreut waren, und vor denen ich gerne stand. Ich hatte sie mir in der Zeit, da ich noch schwärmte, von einem guten Teile meines väterlichen Erbes angeschafft, was namentlich den Zorn meines Oheims sehr anfachte; denn ich hatte nach und nach eine kleine Sammlung von Gemälden zusammengebracht, die mich unermeßlich ergötzten, aber ich hatte nicht mehr so viel Geld, daß ich ordnungsgemäß in den Jahren, die noch vor mir lagen, hätte leben können.

Als ich den Gärtner – denn das war er unstreitig, wie mir immer klarer wurde – gefragt hatte, wo die früheren Geräte hin getan worden seien, damit ich mir meine Dinge, die in deren Laden wären, hole, als er sie mir gezeigt, als ich diese Sache in Ordnung hatte und er fort gegangen war, setzte ich mich in die Kissen meines Sofas nieder und schaute untätig in das Zimmer hinaus, weil ich erstaunlich ermüdet war.

Die Kühle, welche hier herrschte und gegen die große Hitze, die draußen nach und nach anzuwachsen begann, angenehm abstach, die liebliche Lichtbrechung, die durch die Fenstervorhänge erzeugt wurde, die sanften Kissen, in denen ich ruhte, und der Anblick dieser schönen Geräte, wie ich sie von Kindheit an gewöhnt war – das alles sprach mich übereinstimmend und regelmäßig an, ich blieb sitzen, genoß meiner Ruhe, und war so in dieselbe versenkt, daß ich mir nicht einmal eines der da liegenden Bücher holte, um in demselben zu blättern und zu sehen, was es enthalte.

554

Diesen meinen Zustand mußte wohl Rikar geahnt haben; denn obwohl er mich nach Hause kommen gesehen und mich von meinem Fenster aus gegrüßt hatte, kam er doch nicht in mein Zimmer, um mich der Verabredung gemäß in dem Hause herum zu führen, oder sonst die

Zeit mit mir zuzubringen; sondern er ließ mich allein und ließ mich erholen.

Als ich endlich nach einer Weile schon wieder anfing, gelegentlich herum zu gehen und dies und jenes anzuschauen, pochte er, und kam herein.

Er fragte mich, ob ich von dem Spaziergange schon ausgeruht hätte, und als ich dies bejahte, trug er mir an, mich in dem Hause herum zu fahren.

Er führte mich in alle Räume, die nicht besonders zu einem ausschließlichen Gebrauche eines Familiengliedes bestimmt waren, und zeigte mir alles und erklärte mir alles. Das Haus hatte eben nichts Besonderes, aber seine Gelasse waren räumlich, und die Aufbewahrungsorte der Pflanzen waren eigentümlich und zweckmäßig eingerichtet. Sie waren, wie manches in diesem Hause, erst in neuerer Zeit errichtet und erregten meine besondere Aufmerksamkeit. Rikar hatte an meiner Teilnahme große Freude. Bei diesem Gange durch das Haus sah ich auch die Zimmer, welche geplündert worden waren, um die meinigen einzurichten.

Als wir von der Rundschau zurück gekommen waren, blieb er bei 555 mir, und wir redeten von verschiedenen Dingen. Ich erzählte ihm, wo ich am Vormittage gewesen sei und er sagte, ich müsse vorsichtig sein; denn oft schießt wider Vermuten hier das Gestein senkrecht ab, daß man sich verirren oder nur mit Lebensgefahr herab kommen könne. Ich suchte ihn darüber zu beruhigen und sagte, daß ich in meiner Heimat als einer der besten Alpensteiger bekannt sei, und daß ich die Merkmale gangbarer Richtungen schon recht gut zu unterscheiden wisse.

Im Verlaufe des Gespräches kamen wir auf Hieronymus Rüdheim, und er erzählte mir von ihm, daß er ein Tiroler aus dem Inntale sei, daß er einmal viel Vermögen besessen, manches auf einen ungeratenen Neffen verwendet, und manches unter arme Leute verteilt habe. Er besitze einen großen Meierhof, auf dem er im Winter lebe. Den Sommer bringe er gerne in seinem kleinen Häuschen in der Schlucht zu, weil es da viel kühler und einsamer sei. Er komme öfter in die Meierei hinab, und Knechte und Mägde gehen öfter auf und nieder, damit das Geschäft im Gange sei. Man habe ihn wegen diesem Häuschen den Einsiedlerbauer genannt. Er sei ein sehr rechtschaffener, uneigennütziger Mann, und habe sich gegen ihn selber, als er von Meran hieher kam, als edlen, hilfreichen Freund gezeigt.

Unter solchen Gesprächen kam endlich die Zeit des Mittagessens heran. Es wurde in demselben Saale verzehrt, in welchem wir das Frühmahl eingenommen hatten. Die Frauen waren jetzt statt mit dem weißen Morgengewande mit den bunten Kleidern des Tages angetan.

Nach Tische ist es gebräuchlich, den heißeren Teil des Tages in seinen Zimmern zuzubringen. Ich benützte die Muße, um die Bücher, welche man mir hergelegt hatte, zu besehen und mir diejenigen bei Seite zu legen, in denen ich allenfalls lesen mochte.

Als sich die Wärme etwas gemildert hatte, wurde ich von meinem Freunde Rikar neuerdings besucht und bescheiden gefragt, ob ich einen 556 Teil meiner Zeit mit ihm und seinen Angehörigen zubringen wollte. Ich bejahte es bereitwillig, und er führte mich in den Garten hinunter. Wir trafen hier am Rande des Kastanienwäldchens die Gesellschaft, und es wurde das Vesperbrot bereitet. Maria ließ Milch, Käse und andere Dinge, die sich schickten, herbei bringen, und Camilla beschäftigte sich damit dieselben auf dem Tische zu ordnen. Wir hatten die Aussicht nach allen Richtungen des Anwesens. Im Garten zog einer den Ziehbrunnen, daß das Wasser in große Gefäße laufe. Andere schöpften es aus diesen heraus und begossen die Gewächse. Einige jäteten in den Gemüsen, andere reinigten die Bäume, und manchmal kam eines herzu und rief Maria bei Seite, um mit ihr etwas zu reden. In einer kühlen Gartenhalle wurden bereits die Gegenstände gereinigt und geordnet, welche zunächst an der Reihe waren, versendet zu werden. In dieser Einsamkeit ist man gewohnt, auf die einfachsten Dinge als wie auf Abwechslungen zu schauen. Wir sahen auf die Vorragungen und Felsen der Landschaft und bemerkten, wie sich die Schatten derselben allgemach wendeten und nach anderen Richtungen wiesen.

Als es Abend geworden war, schlug man einen Spaziergang vor. Die Mädchen nahmen ihre großen Strohhüte und wandelten neben uns her. Hier sah ich die Ähnlichkeit der Schwestern. Neben dem dunkeln, bräunlichen Angesichte Marias hob sich das lichte und weiße Camillas hervor; es hatte dieselben Züge, nur weicher, und die Wangen waren mit dem Anhauche der lieblichsten Röte bedeckt. Die Augen waren gleich, nur blickten Marias feuriger und entschiedener.

Rikar führte uns zu dem sogenannten Brünnlein. Es war dies eine Falte der Berge, gleichsam eine schiefe Grube, die nur nach einer Rich-

tung hin die Aussicht offen ließ. Auf dem Grunde der Grube quoll ein
557 wunderbares klares Wasser hervor, füllte ein Becken, in dem es wie ein Spiegel stand, und ließ den Überfluß längs der Haide dahin rinnen. Rikar hatte Steinsitze herum machen lassen, weil die Familie gerne an die Stelle ging und da saß. Wir blickten gegen die Anhöhen, die weit draußen an dem grünlich matten Himmel hinzogen, und sahen, wie die müden Nachmittagslichter auf den fahlen Rasen derselben hinschweiften. Die Einsamkeit der Lage dieses Hauses hatte etwas so Eindringliches, daß es fast wie Traurigkeit aussah.

Die Mutter hatte meinen Gedanken erraten, oder sie mochte in der unglaublichen Abgeschiedenheit des Ortes, an dem wir saßen, von ähnlichen Gefühlen ergriffen sein; denn sie sagte: »Wir sind nicht ganz so abgeschieden und von der menschlichen Gesellschaft getrennt, als Ihr etwa glauben mögt: wir werden Euch einmal auf das Grateck hinauf führen, von wo man nach Sankt Gustav und in die andern bewohnten Täler hinab sieht. Auch kömmt mancher Freund zu uns herauf, und wir kommen manchmal hinunter. Im Winter ist es fast noch geselliger, weil da die Menschen, wenn man die Höhen und Häuser verschneit und unzugänglich vermuten sollte, gerade absichtlich zusammen kommen und sich Gesellschaft leisten und Vergnügungen veranstalten, um den traurigen Winter und die Einförmigkeit und die Kürze der Tage zu betrügen.«

»Wenn die Zeit schön bleibt und meine Gesundheit es zuläßt«, sagte Rikar, »so werde ich Euch einen Genuß ganz anderer und seltener Art bereiten. Ich werde Euch auf die Adostaspitze geleiten, von welcher aus man das ganze nördliche Italien übersieht und an durchsichtigen Tagen gar den Glanz des Meeresspiegels erblickt.«

»Dann haben wir hier auch noch schöne Dinge«, sagte Maria, »die Halltäler, die Krummweiden, die Erkspitzen, die Grünbrüche, die
558 Langhänge und anderes.«

Wir saßen auf den Steinbänken und neben dem klaren Wasser, bis die Sonne untergegangen war und die Gegend sich mit der gleichmäßigen Farbe der beginnenden Dämmerung bedeckte. Dann gingen wir bei einem leise wehenden Lüftchen, aber auf einem ganz andern Wege, als auf dem wir her gekommen waren, und in einem großen Umkreise nach Hause.

Als wir dort angekommen waren, sagte man mir, daß mein Bote zurückgekehrt sei. Ich ging gleich auf meine Zimmer, um zu sehen, wie gut er seine Sachen vollbracht habe. Ich fand alle die Kleider, die ich von dem Wirte begehrt hatte, nebst dem Kastenschlüssel, den er zurück schickte. Dabei lag eine abscheuliche Quittung von der Hand Gerardos, in welcher er mir anzeigte, daß er seinen Fährlohn richtig erhalten habe, und daß er den Wein gut aufbewahren wolle, bis er bei ihm erhoben würde. Battista hatte also seine Sache gut gemacht, und ich ging in den Hof hinab, um ihm seinen Lohn zu erteilen. Er stand, so viel es die Dunkelheit zuließ, in einer Stellung, daß ich die Absicht deutlich erkannte, daß er sich leicht wolle finden lassen. Ich gab ihm seine Gebühr und versicherte ihm auf seine Bitte, daß ich es auch Signora Maria sagen machte, daß er seinen Auftrag gehörig vollbracht habe, ich würde es schon tun.

Hierauf ging ich wieder hinauf, brachte die Sachen in Ordnung, und war so kindisch, zum Abendessen einen schwarzen Frack anzuziehen, wie ihn mein Reisefreund stets an hatte.

Wir saßen nach dem Speisen länger beisammen, als es wohl sonst bei dieser Familie gebräuchlich sein mochte, und es löste sich das Band der Rede immer leichter, je mehr wir mit einander bekannt wurden. Endlich trennten wir uns, und jedes ging mit seinen Lichtern auf seine Zimmer.

Als ich in meiner Wohnung war, verschloß ich mich durch den inneren Riegel gegen außen, stellte die Lichter auf den Tisch und warf den schwarzen Frack über das Sofa. Theresa Milanollo war also ein verborgenes Geheimnis gewesen. Ich war begierig, ob ich heute die Musik wieder hören würde, über die den ganzen Tag auch nicht die geringste Erwähnung geschehen war. Ich ging in das zweite Zimmer und öffnete das Fenster, durch das eine stille, laue, glänzende Nacht herein schaute; denn das Lüftchen, das am Abende geweht hatte, hatte sich auch völlig wieder gelegt. Ich schaute, wie gestern, eine Weile in die dunkle Gegend hinaus. Als ich mich von dem Fenster entfernte, um mich zum Schlafengehen zu entkleiden, ließ ich die Flügel desselben offen stehen. Ich hatte am Nachmittage unter den Büchern, die man mir her gelegt hatte, auch Goethes Reise nach Italien gefunden. Diese nahm ich vor und beschloß, darin zu lesen. Ich stellte, da ich entkleidet war, die Lichter zu meinem Bette, legte mich nieder und nahm das Buch in die Hand. Obwohl mir das Werk ohnehin sehr gut bekannt war, übte es doch wieder eine sehr freundliche Wirkung auf mich aus, und ich las länger, als ich vorgehabt hatte. Dann löschte ich die Lichter aus und entschlief.

559

Ich schlief, so zu sagen, nur mit halb geschlossenen Augen, um durch die Töne, wenn sie begännen, sogleich geweckt werden zu können. Aber ich wurde nicht geweckt, und die Nacht blieb fortdauernd stille. Nur den fernen Tritt der Saumtiere vernahm ich, als man sie mit ihrer heutigen Last bepackt hatte und von der hintern Gartenhalle aus auf dem Wege nach Sankt Gustav hinab führte. Dann schlummerte ich wieder weiter, bis ich durch den Anbruch des Tages erwachte, der trotz der Vorhänge mit einer flammenden Morgenröte zu mir herein sah.

Ich stand auf und kleidete mich an.

Das war also der erste Tag gewesen, den ich in Rikars Hause zugebracht hatte. Ihm folgten nun mehrere, die sich alle bei der Einfachheit der Familie glichen. Sie waren alle im ganzen Hause so freundlich und zuvorkommend gegen mich, daß mir der eingegangene Vertrag, einige Tage hier zuzubringen, eine Annehmlichkeit war, und daß mir die Ursache, derentwillen ich gekommen war, so ferne wurde, als läge sie schon Jahre hinter mir. Ich teilte mir meine Zeit ein, machte weite Spaziergänge in alle Teile des Hochgesteines, um sie kennen zu lernen, und kam von solchen Gängen zuweilen erst gegen Abend in das Haus meines Freundes zurück. Es war sonderbar, daß ich hiebei sah, daß die verdorrte Fichte auf dem schwarzen Steine, die ihre zarten, abgestorbenen Zweige so düster in den Himmel tauchte, wirklich der einzige Baum in dem ganzen Umkreise der Gegend war.

Ich kam einmal in Marias Zimmer, die auf demselben Gange wie Rikars und nicht weit von ihnen lagen. Sie sahen wie eine Kanzlei aus. Viele Papiere und Bücher lagen in der musterhaftesten Ordnung herum, auch sah man Proben von Landwirtschaftsgegenständen in Fächern oder Papieren aufbewahrt. Das Mädchen schlief in diesen Gemächern mit der Amme und einer Magd, um in jedem Augenblicke, wo es nötig sein sollte, geweckt werden zu können. In die Zimmer Camillas und der Mutter war ich noch nicht gekommen, obwohl sie mich öfter dahin eingeladen hatten; denn wir brachten schier die meiste Zeit im Freien zu, da das Wetter gar so schön war. Ich konnte wirklich nicht sagen, wie eine Wolke auf dieser Hochebene aussähe, und ich konnte mir einen trüben Tag auf derselben nicht vorstellen. Nur in der heißesten Tageszeit, wie ich bereits sagte, war man auf seinen Zimmern. Ich las da meistens etwas, oder stand an dem Fenster und sah hinaus. Und selbst da sah ich manchmal Maria, von ihrem breiten Strohhute überschattet, in dem

Garten wandeln, und sah das hohe Rot des Sonnenstrahls und der emsigen Geschäftigkeit auf ihren Wangen. 561

Wir wurden alle immer vertraulicher, so daß von den einigen Tagen des Bleibens keine Rede mehr war, sondern daß ich immer wieder blieb, und wieder blieb.

Maria war so ehrlich und offen, wie sie sich gleich am ersten Tage gegen mich gezeigt hatte. Rikar war gerade so, wie er bei unserer Reisebekanntschaft und dann bei unserem Aufenthalte in der Dreifaltigkeit gewesen war. Er war der einfache, bescheidene Mann, der sich mit seinen Verhältnissen nicht aufdringt, aber er war freundlich, gefällig und zeigte eine besondere Zuneigung und Anhänglichkeit an mich. Die Mutter war zwar ebenfalls nicht zuvorkommend und mitteilsam mit ihren besonderen Verhältnissen, aber sie war einfach, war klar, anmutig, und hatte jene Offenheit, aus der man sieht, daß man bei einer Familie willkommen ist. Camilla kümmerte sich um die Gartenangelegenheiten nicht so wie Maria, sondern sie pflückte nur zuweilen Blumen und machte Kränze. Sie war sehr weich, zart und edel, aber es war etwas Sonderbares an ihr, etwas Verwelkendes und Verblühendes, als hätte sie einen geheimen Kummer, und als zehre ein innerer Gram an ihr. Beide Mädchen hatten die Bildung der höheren Stände erhalten, das sah man an dem geregelten und ruhigen Benehmen derselben.

Wir waren einmal, wie die Mutter vorgeschlagen hatte, auf das Grateck gegangen. Es war dies ein nicht gar weit von dem Hause gelegener Punkt von unbeträchtlicher Höhe, der aber wegen seiner günstigen Lage eine bedeutende Aussicht bot. Wir sahen Sankt Gustav in einer grünen, üppigen Talfurche liegen, die sich zwischen kahlen Bergen dahin zog, wir sahen manche Landhäuser, manche Hütten, und in der Ferne manche weiße Punkte, die ebenfalls Wohnungen sein mochten. Wir sahen noch manche andere grüne Tallinie, die sich wie ein feines Samtband in den grauen und von ferne her blaulich schimmernden Felsen dahin wand. Nachdem wir alles beschaut hatten, und nachdem 562 wir mit dem Fernrohre alle weißen Pünktchen aufgesucht hatten und Rikar uns alle Namen von den Dingen, die uns besonders auffielen, gesagt hatte: gingen wir wieder auf unsere einförmige Haide und in unser einsames Haus zurück.

Ein ander Mal war ich mit Rikar allein auf der Adostaspitze. Ich hätte dem alten Manne nimmermehr die Rührigkeit im Felsenklettern zugetraut. Er mußte sich in seiner Jugend viel in der hiesigen Zerklüftung der italienischen Alpen herum getrieben haben. Der Umblick von der besagten Bergspitze war wirklich außerordentlich. Ich will nicht von dem duftenden Gewimmel der Berggipfel sagen, die man auch von andern Bergen sieht, aber die große Ebene war es, welche man hier übersieht, und welche wirkte. Ohne die einzelnen Merkmale des Bewohntseins zu gewahren, war es nur ein einfacher, unkenntlicher, undeutlicher, erschütternder Hauch, der in der Trübe des Himmels gehend und in ihr schwimmend die Seele mit dem ganzen riesenhaften Eindrucke des Unendlichen erfaßte. Das Meer hatte ich nicht gesehen, aber ich nahm mir vor, wenn ich die Merkmale der Klarheit, die ich recht gut kannte, ganz besonders an dem Himmel gewahrte, hin zu gehen, um den Glanz, der fabelhaft draußen liegen mußte, zu erspähen.

Ein drittes Mal waren wir in den Halltälern, sanften, grün ansteigenden Weiden in dem Gesteine. Wir waren an den Felsen gesessen, die die Lüfte des Nordens und den kühlen Hauch, der von daher kommen könnte, abhielten – wir waren längs der Grünbrüche gegangen wir hatten die Erkspitzen erstiegen – und wir waren in den vielfach verschlungenen und um die Steine herumgehenden Krummweiden gewandelt. –

Die zauberhaften Musiktöne jenes Abends hatte ich nie wieder gehört. An dem hohen, azurblauen Himmel der Nacht hörte ich jetzt nichts als 563 das nun niemal mehr unterbrochene leise, gleichartige Rauschen des Springbrunnens, das sich oben an seinem Gewölbe zu sammeln schien. Nach Mitternacht zierte die schöne Kuppel jetzt ein halber, im Silberglanze funkelnder Mond, um, wenn er am höchsten Punkte seines Bogens erblaßte, einem Tage Platz zu machen, der in gleicher Schönheit über die Haide herüber blühte, wie alle die gewesen waren, die ihm voraus gegangen waren.

Einmal, da ich nachmittags von einem Spaziergange nach Hause zurück kehrte und mich dem Gebäude meines Freundes näherte, hörte ich aus dem Innern desselben plötzlich die lieblichen Töne, die ich nur einmal hier und dann vor mehreren Jahren in Wien gehört hatte. Ich ging näher, ich ging durch den Garten, ich ging in die Halle, ich bestieg die Treppe, und ich kam in den Gang, der durch das Geschoß des Hauses lief. Auch hier hörte ich die Töne – sie waren wirklich die Geigentöne meiner ersten hiesigen Nacht. Ich hörte sie hier gedämpfter, und sie schienen aus den Zimmern der Mutter zu kommen. Obwohl ich nie dort gewesen war, so ging ich doch jetzt auf dieselben zu. Als ich die große Tür geöffnet hatte, befand ich mich in einem Vorsaale, der leer war, und in dem nur die großen Kästen standen, die die Kleider der Frauen enthalten mochten. Die Tür in das weitere Zimmer war offen. Als ich in dieselbe trat, sah ich an einer schönen Alabastervase Camilla stehen, die Violine an ihrem Busen. Die Mutter saß in der Tiefe des Zimmers und hörte zu. Das Mädchen war in einem weiten weißen Gewande, wie sie es sonst nur an Vormittagen zu tragen pflegte. Der Arm, der entblößt aus dem weiten Ärmel des Kleides ragte und die Geige trug, war mit einem goldenen Reife geziert, der andere war schmucklos und führte den Bogen. Sie schlug aus dem weichen Angesichte die schönen großen Augen gegen mich auf, als ich unter der Tür erschien, und endete ihr Spiel. Sie stand da, die gesenkte Geige in der Linken, 564 den Bogen in der Rechte haltend.

»Weil unser verehrter Gast nun einmal entdeckt hat, daß du diese Kunst treibst«, sagte die Mutter, »so magst du nun fortfahren, wenn es dir überhaupt zusagt, es zu tun, er wird herein treten und wird dir mit mir ein wenig zuhorchen.«

Sie rückte hiebei auf dem Sofa etwas weiter, gleichsam um mir neben sich Platz zu machen.

Camilla zauderte ein wenig, als wollte sie nicht tun, was die Mutter gesagt hatte. Als ich aber auf die Einladung, hinein zu treten, eine abwehrende Bewegung machte, als ich verlegen wurde, und als ich eine Wendung machte, fort zu gehen, errötete sie leise, zögerte noch ein Weilchen, und nahm dann die Geige empor und begann schüchtern zu spielen.

Die Töne, die von der Geige gingen, waren die merkwürdigen, die mich in der ersten Nacht so ergriffen hatten. Sie waren wieder die fast schmerzlich schönen Töne, die so eindrangen. Sie spielte ohne Noten, das Tonstück war mir völlig unbekannt, es mochten eigene hier ausgesprochene Gedanken sein. Das wunderbare Ding, von dem diese Töne hervor gingen, ruhte sicher an ihrem Herzen, als wäre es ein atmender Teil ihres Wesens, und der Bogen ging leicht, ich möchte den Ausdruck gebrauchen, gehaucht über die Saiten, daß die Töne klar und einzeln, aber auch zart und bildsam hervor traten, wie flüssiges, durchsichtiges Gold, wenn es eines gäbe. Sie hatte während des Spieles die großen Augenlider mit den langen feinen Wimpern gesenkt. Nach dem ersten Stücke, das nur etwas durch mein Erscheinen unterbrochen worden war, spielte sie ein zweites, das aber weniger traurig war als das erste, gleichsam als trüge sie es dem fremden zuhörenden Manne vor. Dann

spielte sie noch etwas, dann noch etwas. Es waren eingeübte Dinge aus
565 bekannten Tonsetzern. Zuletzt spielte sie noch eine Kleinigkeit, unterbrach sich ein wenig, und spielte sie dann aber doch aus. Hierauf legte sie die Geige sachte auf ein in der Nähe stehendes Klavier, ging zu ihrer Mutter, setzte sich zu ihr und schmiegte sich an sie an. Sie schlug jetzt die Augen zu mir auf, gleichsam zu fragen, ob es mir nicht mißfallen habe.

Als ich das Mädchen so vor mir stehen und sie spielen gesehen hatte, war es mir immer gewesen, als müßte ich sie schon irgend einmal, ehe ich dieses Haus betreten hatte, gesehen haben, nur konnte ich nicht heraus bringen, wo. Als sie jetzt bei der Mutter saß, war sie in dieser Gruppe wie ein altgriechisches Bildnis, das aus hartem Marmor so zart gehauen ist, daß man meint, man könne in die Körperteile durch Berührung ein feines Grübchen drücken, und das Kleid war so fein, daß man glaubte, man könne es in den Raum einer hohlen Hand bringen.

Die Mutter lud mich nun wiederholt ein, in das Zimmer zu treten. Ich tat es, legte das Buch, welches ich auf meinem Spaziergange mit gehabt hatte, weg, nahm mir einen Stuhl und setzte mich den Frauen gegenüber nieder.

Ich sagte zu Camilla: »Ich habe nie so schön und außerordentlich spielen gehört, als Sie, mein verehrtes Fräulein; nur einmal habe ich so ungewöhnliche, das Herz rührende Töne vernommen, und das war in Wien von Theresa Milanollo.«

Sie erglühte bei diesen Worten, daß der Purpur sich bis zu den schönen Augen und bis zu dem Nacken verbreitete. Die Mutter sah mit seligen, freudestrahlenden Augen vor sich.

»Mein Kind«, sagte sie, »hat zu dieser Kunst eine tiefe Zuneigung gefaßt, sie hat dieselbe viele Jahre geübt, und macht uns nun durch sie in mancher einsamen Stunde großes Vergnügen und großen Trost.«

566 »Ich habe Sie heute auch nicht zum ersten Male gehört, mein Fräulein«, sagte ich, »sondern ich habe Sie schon in der ersten Nacht gehört, die ich in diesem Hause zugebracht hatte.«

»Warum haben Sie denn nichts davon gesagt?« fragte sie.

»Weil ich keine Ahnung haben konnte, wer gespielt habe«, antwortete ich, »weil ich dachte, es werde sich schon entwickeln, und weil ich, da weiter nicht mehr gespielt wurde und man davon nicht sprach, die Sache für ein Geheimnis hielt, in das ich nicht befugt wäre einzudringen.«

»Ach nein«, antwortete Camilla, »es war kein Geheimnis, ich wollte Sie mit meinem Spiele nur nicht behelligen, ich habe in jener Nacht nicht gewußt, daß Sie in unserem Hause seien, und von da an habe ich immer nur ein wenig gespielt, wenn Sie auf einem Spaziergange abwesend waren.«

»Da müßte ich ja das Haus augenblicklich verlassen, wenn ich die Ursache wäre, daß Sie ihre holde, liebe Kunst nicht ausüben könnten«, sagte ich.

»O nein, nein, Sie sind kein Hindernis«, antwortete sie, »weil Sie mich nun einmal spielen gehört haben, so werde ich nun schon öfter spielen, wenn Sie sich nicht dadurch beirrt fahlen. Es würde den Vater, die Mutter, Maria und mich sehr kränken, wenn Sie fortgingen.«

»Es freut mich ja die Freundlichkeit, mit der ich hier behandelt werde«, sagte ich, »ich bleibe gerne, und wenn Sie spielen, so macht mir das keine Beirrung, sondern es macht mir Freude und erregt mir schöne Gefühle.«

Sie errötete bei diesen Worten wieder.

»Sonderbar ist es«, fuhr ich fort, »daß mir, als Sie spielten, plötzlich der Gedanke kam, daß ich Sie schon früher als in diesem Hause gesehen habe.«

»Sie haben mich auch gesehen«, antwortete sie, »ich saß an dem Abende, da Sie in unser Haus kamen, an dem schwarzen Steine draußen, Sie traten an mich heran und fragten um den Weg zu dem Vater.« 567

»Also sind es Sie gewesen«, sagte ich; »da der Sache nie erwähnt wurde, dachte ich, es müsse irgendein Mädchen des Tales gewesen sein, das an jenem Abende zufällig herauf gestiegen und an dem Steine gesessen sei.«

»Als ich herein gegangen war«, sagte sie, »und mich zur Mutter begeben hatte, erzählte ich ihr wohl, daß ein fremder Mann an dem schwarzen Steine draußen um den Vater gefragt habe; aber da uns der Vater keine Ankunft eines Gastes angezeigt hatte, so glaubten wir, es könne ein Bote oder ein Geschäftsmann gewesen sein, wie sie manchmal kommen und gleich wieder gehen. Der Vater aber hat die Anzeige unterlassen, weil die Mutter wegen leichten Unwohlseins in ihre Zimmer gegangen war und kein Abendmahl genommen hatte. So ist es gekommen, daß ich nicht gewußt habe, daß Sie in unserem Hause seien, und daß ich in der Nacht gespielt habe. Ich habe Sie am andern Morgen gleich erkannt.«

»Und haben nichts gesagt?«

»Weil ich es nicht für erheblich hielt.«

»Ich konnte Sie nicht erkennen«, sagte ich, »weil Sie in der Dämmerung des Steines gesessen waren, weil gegenüber das Abendrot geglüht hatte, und weil meine Augen geblendet waren. Sie waren damals in einer außerordentlich malerischen Ausnahmsstellung, und da ich Sie heute spielen sah, und dieses auch eine Ausnahmsstellung war, so mußte wohl die eine Vorstellung die andere erwecken.«

»Da Sie nie etwas sagten«, erwiderte sie, »so glaubte ich, Sie hätten in der ersten Nacht geschlafen und nichts von meinem Spiele gehört.«

Nach diesem Gegenstande sprachen wir von andern Dingen. Sie fragten mich, wo ich gewesen sei, ich sagte es ihnen und zeigte ihnen die Pflanzen, die ich auf dem Spaziergange gesammelt und in einem Fache bei mir hatte.

568 Als wir eine Weile gesprochen hatten, sagte die Mutter: »Jetzt müssen wir unserem Gaste doch auch unsere Wohnung zeigen, in welcher ich und Camilla die meiste Zeit des Sommers und fast alle des Winters zubringen. Da er zum ersten Male hier ist, muß er die Sachen schon anschauen, die uns umgeben.«

Wir waren nämlich bisher immer nur im äußersten Zimmer gesessen.

»Kommt, lieber Herr«, sagte sie.

Ich war bereitwillig, wir standen auf und gingen durch alle Zimmer.

Es waren ihrer fünf; drei für die Mutter, und zwei für Camilla. Was mir gleich bei dem Eintritte aufgefallen war, war, daß sie schöner seien als alle andern. Die Fußböden waren mit neuem eingelegten Getäfel belegt, während alle andern Gemächer des Hauses nur die langen, glatt hingehenden Bretter hatten. Alle Geräte waren neu und nach den geschmackvollsten Mustern gearbeitet, die Spiegel waren groß und edel, und an den Fenstern hingen große, dunkelrote Falten, hinter denen erst die weißen, feinen Vorhänge lauschten. Gegen die Stürme des Winters waren außer den Fenstern noch feine Glaswände im Innern der Zimmer, die man im Sommer öffnen und wie einen Fächer zusammen legen konnte. Neben dem Schlafzimmer der Mutter, das mit allen Bequemlichkeiten ausgestattet, und namentlich mit feinen Teppichen, die den nackten Fuß weich umfangen, reichlich versehen war, befand sich ein Zimmer, das ausschließlich zur Aufbewahrung der Bücher diente. In einem großen, die ganze Wand deckenden Kasten waren sie aufgestellt, und hie und da waren gepolsterte Sitze und Tischchen zum Lesen. Die

Bücher hatten lauter alte, aber sehr zierliche, mit Gold eingelegte und durch die festen Lederstoffe für die Dauer berechnete Einbände. Es sah aus, als wären sie sämtlich Teile aus einer großen, schon durch lange Zeit bestehenden Büchersammlung. Daß mich diese Sache ansprach, daß ich hinzu ging und um die Erlaubnis bat, näher ein Sehen zu dürfen, war natürlich. Ich besah die Aufschriften auf dem Rücken der Bücher, und ich machte manche auf und besah den Inhalt. Da sah ich nun, daß von den Meisterwerken der neueren Nationen fast kein einziges fehlte, daß aber von mittelmäßigen Arbeiten keine einzige da war. Vorzüglich war die Dichtkunst vertreten, dann kamen die Werke belehrenden und betrachtenden Inhalts, dann eigene Fachbücher, und endlich sogar die mit wissenschaftlichem Inhalte. Ein Buch, das zur bloßen, lediglichen sogenannten Unterhaltung diente, kam mir gar nicht in die Hände. Auf den Tischchen lagen aufgeschlagene umher, und in anderen, die zugemacht dort waren, staken Streifen Papier oder Seidenbänder, zum Zeichen, daß eben in ihnen gelesen wurde. 569

Aus den Zimmern der Mutter gingen wir in die Camillas. Das Bett stand in einer eigenen Vertiefung, die von der andern Wohnung durch einen Vorhang getrennt war. Der übrige Teil der Zimmer war so nett und rein wie bei der Mutter, ja noch sorgsamer und achtlicher zusammen gehalten. Die Zimmer waren in der äußersten Ecke des Hauses gegen den Springbrunnen zu. In dem Eckzimmer, das vier Fenster hatte, und in dem selbst im Sommer die feinen, fächerartigen Notfenster nicht weggenommen waren, standen die Geräte, die sich auf das Geigenspiel bezogen. Von dem schwersten, glattesten Ebenholze stand ein Notenpult fast mitten im Zimmer. Daneben war ein Fachwerk, ebenfalls von Ebenholz, das dazu diente, daß man die Notenbücher in dasselbe hinein lege, in dem sie leicht gesehen, und aus dem sie leicht heraus genommen werden konnten. Dann waren noch zwei Tischchen von Ebenholz. Auf ihnen lagen die Fächer, in denen sich die Geigen befanden. Diese Fächer waren von dunkelblauem Sammet und innerlich mit feuerroter Seide gefüttert. Nur in einem war eine Geige, das andere stand offen, weil die Geige heraus genommen war und in dem ersten Zimmer der Mutter, in welchem Camilla gespielt hatte, auf dem Klaviere lag. Ich bat um die Erlaubnis, das geschlossene Fach öffnen und die darin liegende Geige betrachten zu dürfen. Es war eine Geige von dem alten Meister Guarneri. Außer den Geigengeräten war nichts in den Zimmern Camillas von Ebenholz, sondern es war genau in der Art und Weise wie in den 570

Zimmern der Mutter. Mich freute es, daß das Mädchen gerade auf ihre geliebte Kunst diesen Schmuck und diese Auszeichnung verwendet hatte. Besonders bezeichnend war es für mich, daß sie zu den Geigenfächern den weichen Sammet und die dunkle Farbe gewählt hatte, welch beides ihrer sanften und mehr dem Traurigen zugewandten Gemütsart entsprach, wie ja auch ihre Stimme sich zu einem reinen, klaren Alte hinneigte.

Von diesem Eckzimmer gingen wir wieder durch alle Zimmer zurück.

Ich mußte nun auch die Arbeiten der Frauen besehen. Außer den nützlichen Arbeiten, die größtenteils in Stößen von feiner Wäsche auf den Tischen lagen, war meistens die andere nur solche, die zuvörderst auf Hervorbringung allerlei schöner Dinge abzielt, bei denen der Nutzen nur Nebensache ist, als Bettdecken, Tischüberzüge, Taschen, Fächer, und dergleichen. Namentlich tat sich hierin die Stickerei und Bildnerei auf das trefflichste hervor. Ich mußte alles ansehen und mußte mir alles erklären lassen. Da waren Arbeiten, die auf die längste Zeit hinaus sahen, unternommen worden. Für den Vater war ein großer Tischteppich angefangen worden, der eine Überraschung sein sollte, und an dem sie daher nur arbeiten konnten, wenn sie sicher waren, daß er sie nicht besuche und die Sache sehe. Dann hatten sie eine große Anzahl verschiedenfarbiger Seidenflecke, aus diesen wurden die Fäden in einen großen Korb gezupft, und wenn genug derlei bunten Gemisches vorhanden wäre, dann würden daraus Decken gemacht, diese wurden fein geschoren, und dann sähen sie aus, als wären unzählige Blätter, Blätterteile und Staubfaden von Blumen in allen Farben auf die Fläche gestreut worden, wie man eine bunte Spezerei hat, die man auf den warmen Ofen streut, daß der Rauch die Zimmer angenehm durchdüfte. Für Maria wurde eine Tasche gemacht, die innerlich Seide, äußerlich Stickerei hatte, weil sie gerne, wenn sie in dem Garten herum ging, eine Tasche an sich hängen hatte, in die sie reife Sämerei und andere Dinge tat, die sie in das Haus tragen wollte. Übrigens lagen in den Zimmern an verschiedenen Orten Arbeiten von vergangenen Zeiten herum. Da waren Kränze, Blumensträuße, Verzierungen, selbst Menschen und Tiere auf Pölstern, Schemeln, Teppichen und Gehängen abgebildet. Manches war noch roh, gleichsam wie zu Anfange der Lehrzeit Camillas, manches war sehr zierlich, ja mit einer gewissen Fertigkeit und Anmut eines Kunstanfluges verfertigt.

Als ich das alles gesehen hatte, nahm ich von den Frauen Abschied und begab mich auf mein Zimmer. Sie sagten, sie wurden sich nun anziehen, würden dann in den Garten hinunter kommen, und wir könnten alle mit einander dann noch einen kleinen Spaziergang unternehmen. Ich versprach, zu rechter Zeit zugegen zu sein.

Als ich eine Zeit auf meinem Zimmer gewesen war, ging ich in den Garten, ich fand die Frauen schon in ihrem gewöhnlichen Tagesanzuge gegenwärtig, auch der Vater war da, und wir machten unsern Spaziergang. Als wir zurück gekommen waren, setzte sich Maria auf eine Bank vor dem Hause. Sie war sehr ermüdet, da sie den ganzen Tag fleißig gearbeitet hatte.

Weil nun der Rückhalt in Bezug des Geigenspieles Camillas weggefallen war, hörte ich sie von jetzt an öfters. Bald war es in dem Zimmer der Mutter, in das ich nun zuweilen ging, und wo sie an der Alabastervase stehend ihre Übungen machte – bald war es auch in der Nacht, wo sie die Töne recht leise und gleichsam nur versuchsweise erklingen ließ, wo der Springbrunnen wieder manchmal gestillt war und die schwachen Laute in den weiten Flimmer der Natur hinaus gingen; denn der Mond war endlich voll geworden und stand mit einer wahrhaft prangenden Herrlichkeit über der Öde. Ich ging jedes Mal an mein Fenster, öffnete es, lehnte mich hinaus und hörte zu, so lange ein Ton zu hören war.

572

Ziemlich weit von dem Hause war eine Stelle, auf welcher das lagernde Gestein sich in einem Kreise herum schob und erhöhte, als wollte die Natur da ein Theater zum Sehen und Horchen errichten. An diese Stelle gingen wir öfter, auch der Vater und Maria. Da trug manchmal Camilla das Fach mit ihrer Geige mit sich. – Und wenn es dann sehr stille war, wenn ein klarer Schein durch alle Lüfte ging: öffnete sie das Fach, nahm die Geige heraus und spielte vor uns auf der Haide. Da geschah es zuweilen, daß man wie eine liebliche Staffage einen Knaben auf dem gegenüberliegenden Bergrücken erscheinen, mittelst eines langen Stabes von Stein auf Stein näher hüpfen, endlich aber auf den Stab gelehnt stehen bleiben und zuhorchen sah. Manchmal erschienen auch die Ziegen, die wie weiße Punkte auf den entfernten blaulichen Rasengründen kletterten. Ich erkannte sogleich den Ziegenbuben, der mich an Hieronymus gewiesen hatte. Ich begriff auch nun, wie er bei seiner doch ziemlichen Entfernung in den Irrtum hatte verfallen können, Rikar geige so schön.

Auf diese Weise gingen die Stunden in dem Hause dahin. Ja ich verfiel sogar wieder auf mein Zeichnungstalent; denn, was man kaum glauben sollte, in dieser Einsamkeit waren Linien voll solcher Schönheit, 573 daß sie mich reizten, ob ich sie nicht nachahmen könnte. Ich suchte mein Buch hervor, welches mit den gehörigen Bleistiften in den Ledersack gepackt war, und zeichnete manche Felsengruppe, manchen Bergrücken, manche Fernsichten und manche Rasenplätze hinein, und ließ sie zu Hause sehen.

Eines Tages, als wir schon sehr vertraut waren, ließ mir Rikar sagen, ich möchte mit ihm einen kleinen Spaziergang machen, er hätte etwas Notwendiges mit mir zu reden. Ich sandte ihm die Antwort, daß ich sehr bereitwillig sei, daß ich mich zusammen richten und ihn dann in seinem Zimmer abholen würde.

Als ich meinen Rock gewechselt und meinen Hut aufgesetzt hatte, begab ich mich zu Rikar, den ich schon völlig zu dem Spaziergange gerüstet fand.

Wir gingen durch den Garten rückwärts hinaus, wo man den Springbrunnen zur Linken und die hohe Felsenwand im Angesichte hat. Als wir durch die lose Steinmauer hindurch gegangen waren und uns auf dem trockenen Grasboden befanden, sagte er: »Ich habe Euch eigentlich wegen etwas um Verzeihung zu bitten, welche Pflicht ich wohl schon längst hätte erfüllen sollen, wenn mich nicht eine Scheu zurück gehalten hätte; – aber einmal muß es doch sein.«

»Ich wüßte durchaus nicht, Freund Rikar«, sagte ich, »was Ihr gegen mich begangen haben könntet, dessentwillen Ihr mich um Verzeihung zu bitten hättet. Ihr seid ja gegen mich immer die Güte und Freundlichkeit selber.«

»Und doch habe ich etwas«, sagte er, »das mir auf dem Gewissen liegt. Ihr werdet Euch erinnern, daß ich Euch, als wir in Wien von einander schieden, das Versprechen gegeben habe, Euch einen Brief zu senden, der Euch von meinem Aufenthalte Nachricht geben soll. Den Brief habt Ihr nicht erhalten.«

574 »Nein, ich habe ihn nicht erhalten«, antwortete ich.

»Weil er gar nicht geschrieben worden war«, sagte er, »und diese Untreue ist es, derentwillen ich Euch um Verzeihung bitte.«

»Aber Freund Rikar«, erwiderte ich, »wie könnt Ihr nur so reden, wenn Ihr den Brief nicht geschrieben habt, so wird gewiß eine vollgültige Ursache vorhanden sein, derentwillen es unterblieben ist.«

»Wenigstens ist sie keine leichtsinnige gewesen«, sagte er, »höret mich an.«

»Nein, nein, Rikar, Ihr braucht Euch vor mir nicht zu entschuldigen«, erwiderte ich, »es wäre töricht und schlecht von mir, wenn ich zweifelte.«

»Wenn es aber eine Rechtfertigung und eine Genugtuung für mich ist, dann lasset Ihr mich wohl reden und hört mich an?«

»Ja, wenn das ist, Rikar, so redet«, sagte ich.

»Ich muß manches voraus erzählen, damit Ihr alles versteht«, begann er. »Ich wurde in Mailand geboren, meine Eltern aber waren deutsch aus Tirol, und siedelten sich erst nach ihrer Vermählung des Seidenhandels willen in Mailand an. Wir lebten im Winter in der Stadt, im Sommer auf dem Lande. Ich war der einzige Sohn und das einzige Kind. Da wir Außer dem Handelsgeschäfte auch noch liegende Gründe in den Bergen hatten, so sah es mein Vater nicht gar so ungerne, daß ich zu dem Handel keine Freude hatte und mich mehr den Wissenschaften zuwendete, um einmal in die Dienste meines Vaterlandes zu treten. Ich war sehr eifrig, und meine Lehrer lobten mich. In Mailand lernte ich auch meine jetzige Gattin Victoria kennen. Sie war ein ausgezeichnetes Mädchen, und wollte mir wohl. Die beiderseitigen Eltern, die in Handelsverbindung standen, und auch sehr große Achtung vor ihrem wechselseitigen Charakter hatten, legten ihren Kindern gar nichts in den Weg. Wir waren sehr glücklich, und wenn sonst die Abwesenheit jedes Hindernisses gewöhnlich die Zuneigung erkalten läßt, so wuchs 575 die unsere vielmehr an diesem Umstande, und ich muß Euch sagen, daß sie bisher in unsere alten Tage hinein immer gewachsen ist. Als ich in das Amt trat, wurde Hochzeit gemacht. Die Freunde und Verwandten der beiden Familien waren zugegen. Mein Vater hatte uns in einem Hause, das dem seinigen sehr nahe lag, eine Wohnung eingerichtet, daß wir in ihr leben und selbstständig sein könnten. Wir waren zufrieden, wie man es nur immer in der Welt sein kann. Meine Gattin gebar mir einen Sohn und zwei Mädchen. Der Sohn ist als Jüngling gestorben, die Mädchen leben, und ich habe sie noch. Zuerst starben die Eltern Victorias, dann starben auch die meinigen Wir verkauften die Handelschaften, wir verkauften Victorias Haus, denn sie war auch die einzige Tochter und das einzige Kind ihrer Eltern gewesen, und wir zogen in das Haus meines Vaters. Ich war in den Diensten unserer Stadtgemeinde und diente unentgeldlich. In jener Zeit begannen mich üble Nachreden zu verfolgen, es wurden mir Hindernisse gelegt, und zuletzt brach noch ein Prozeß mit einem meiner weitschichtigen Verwandten aus. Diese Dinge veranlaßten uns, daß ich mein Amt nieder legte, und daß wir nach Meran, dem Stammorte Victorias, gingen; denn ihre Großeltern hatten in der Gegend gelebt. Wir wohnten in Meran abgeschieden und ohne Feinde. Aber die Gerichtssache wurde immer schwerer. Je weiter wir kamen, desto mehr dehnte sie sich aus, und ich mußte ihr meine ganze Aufmerksamkeit widmen. Weil wir in Meran sehr zurückgezogen lebten, so konnte ich den erforderlichen Anteil an dem Rechtsgange nehmen. Zuletzt wurde die Entscheidung nach Wien verlegt, und ich reiste ebenfalls dahin. Ich gab mir alle Mühe, das Ende herbei zu führen, und scheute keine Anstrengung und keine Aufopferung. Das Ende kam 576 auch. Was ich nimmermehr geglaubt hätte – ich hatte den Prozeß verloren – und mit ihm hatte ich aber auch mein ganzes Vermögen verloren. Von den Handelsgütern unserer Eltern war ohnehin nicht viel übrig geblieben, unsere Habe bestand größtenteils in unserem landschaftlichen Besitze, und dieser war der Gegenstand des Prozesses gewesen. Mein Gegner war ein sehr edler Mann, und er hat gewiß von meiner Lage nichts geahnt. Als Ihr mich zu dem Postwagen begleitetet, und ich meinen zertretenen Mantel, auf den die Leute gestiegen waren, von der Erde aufhob, um einzusteigen, wußtet Ihr wohl nicht, wie es mir im Herzen war. Es saßen lauter fröhliche Menschen in dem Wagen, ich drückte mich in die Ecke und schwieg. Ich kam nach Meran. Ich versammelte die Meinigen und sagte ihnen, was uns begegnet sei. Da war ein großer Schreck und eine große Traurigkeit. Aber wir faßten uns wieder und beschlossen, uns in dem, was uns geblieben war, umzusehen und zu versuchen, ob wir davon, wenn wir es zu Gelde gemacht hätten, leben könnten. Wir beschlossen den Verkauf aller unserer Dinge in Mailand. Unter den Liegenschaften, die wir besaßen, war auch dieses Haus hier, in dem wir jetzt wohnen. Es war nicht in den Verzeichnissen der streitigen Gegenstände aufgenommen gewesen, wollte mir nun mein Gegner ein Geschenk machen, oder hatte er es vergessen. Unsere Vorfahrer hatten einst sehr ausgedehnte Besitzungen in den Gegenden des Gardasees gehabt, die später unter ihren Nachfolgern bedeutend zusammen geschmolzen sind. Als noch die Hochebenen des Sees mit dichtem Walde bedeckt waren, erzählt die Sage, haben sie hier dieses Haus als ein Jagdschloß erbaut, um sich bei ihren Ausflügen und Vergnügungen zu schützen und zu sammeln. Aber diese Sage ist nicht wahr. Hier ist nie ein Wald gewesen, und weshalb unsere Voreltern das Haus erbaut haben mögen, können wir nicht mehr er gründen. Unsere nächsten Vorfahrer kümmerten sich nicht um das Gebäude, sie vergaßen es, und es geriet in Verfall. Mein Großvater, der ein Freund ländlicher Natur und Abgeschiedenheit war, erinnerte sich wieder daran, und wollte darin wohnen. Er besah es und machte seine Entwürfe. Er sandte dann Bauleute herauf, die diese Entwürfe verwirklichen mußten. Er ließ aus den vielen kleinen Zimmern, die dem Geschmacke des Mittelalters zusagten, wenigere, aber größere machen, wie sie von seiner Zeit gefordert wurden. Er ließ auch zubauen, ließ die Wände mit den Bildern bemalen, die Ihr noch seht, darum so viele Schäfer und so viele Gegenstände aus der Götterlehre sind, und ließ alles nach seinen Ansichten und seinen Neigungen verzieren. Ja er setzte sogar die Bäume, die Ihr jetzt als großgewachsen und alt um das Haus herum stehen sehet. So sehr ist man gewohnt, alles, was in dem Hause auffällt, auf Rechnung des Großvaters zu setzen, daß ihn auch sogar meine Mädchen, wenn sie von ihm reden, den Großvater nennen, obwohl er gegen sie der Urgroßvater ist. Als alles fertig war, ließ er Geräte herauf bringen, und brachte in jedem Sommer einen Teil seiner Zeit hier zu. Ich erinnere mich, daß ich als ganz kleiner Bube ein paar Male bei ihm heroben war. Mein Vater, als er selbstständig wurde, hatte keine Freude an dem abgelegenen Haidehause, sondern er brachte seine Sommermonate weit davon in einer kleinen Besitzung in Tirol zu. Ich kam in meinen Jugendstreifereien einige Male herauf, und achtete dann später, als ich mit Victoria in der Ehe lebte, nicht mehr auf diese Behausung. In der Zeit unserer Verluste aber, da wir die Reste unseres Besitzes zusammen zählten, dachten wir wieder auf das Haus, und ich schlug vor, um von den Leuten weg zu gehen und zu sparen! uns einstweilen hieher zurück zu ziehen und hier zu wohnen. Victoria, die mich sehr liebte, willigte ein, und die Mädchen hatten mir ohnedem in ihrem Leben noch nie widersprochen. Wir gingen also von Meran herauf. Als wir da wenigstens unter Dach waren, begann ich den Verkauf unserer Habseligkeiten in Mailand. Ich reiste hin und verkaufte das väterliche Haus, das ohnedem nur zur Bewohnung für seine Familie und zur Bewahrung seiner Handelsgegenstände eingerichtet gewesen war. Ich verkaufte hierauf alle Geräte, die sich in dem Hause vorgefunden hatten. Ich verkaufte die Gemälde, die in dem Hause waren, und die Bücher, die man in vielen Jahren noch von Tirol her gesammelt hatte, nur die ließ ich zurück, die sich Victoria heraus gesucht und zu ihrem künftigen Gebrauche aufbehalten hatte. Von den meinigen behielt ich kein einziges zurück. Wir verkauften auch, was wir an Schmuck besaßen, bis auf die zwei Eheringe und den goldenen Reif, den Camilla bei dem Geigenspiele anzuhaben gewohnt ist, und dann verkauften wir auch noch, was etwa wegen Seltenheit, wegen besonderer Vorliebe oder aus sonst einem veralteten Grunde vorhanden war. Als ich alles dieses verrichtet hatte, kehrte ich wieder zu den Meinigen zurück. Wir hatten nunmehr auf der ganzen Erde keinen einzigen dauernden Punkt mehr, den wir unser Eigentum nennen konnten, als das Haidehaus. Aber wie sah es damals hier aus! Victoria und Camilla mußten die ausgedörrten Fugen der Fensterrahmen ihrer Zimmer mit Wolle verstopfen, damit ihnen bei der Nacht der Wind nicht das Licht blies. Maria machte sich ihr Bett in einer Obstkammer, und die Magd, die einzige, die wir hieher mitgebracht hatten, schlief bei ihr in einem Vorkämmerchen; denn die größeren Zimmer und der Saal waren durchaus unbewohnbar. Es klafften in ihnen die Fensterrahmen fingerbreit, oder hingen durch das Wetter so verbogen hinaus, daß das Glas zersprungen war und sie nicht mehr in ihre Fugen gepaßt werden konnten. Andere Fenster waren leere Höhlen oder mit Brettern verschlagen. Von dem Dache hatte der Wind einen Teil weggetragen, daß der Regen eindringen konnte, und daß die Pflasterungen und Täfelungen der Zimmerböden teils eingesunken, teils zersprungen waren. Die Öfen hatten Löcher, der Staub rieselte aus ihnen heraus, und in den Ecken der Wände hingen die Fahnen alter und verlassener Spinneweben. Bloß für mich war am besten gesorgt worden, damit ich nicht krank würde. Das nämliche Zimmer, welches ich noch jetzt bewohne, und welches schon damals eines der besterhaltenen war, richteten die Meinigen, während ich in Mailand war, zusammen. Sie ließen alle schadhaften Stellen der Wände ausbessern, verstopften die Fensterritzen mit Wolle, bis auf einen Flügel, der zum Öffnen und zur Auslüftung des Zimmers diente, bekleideten die teilweise feuchten Wände mit Teppichen, legten dergleichen auch auf den Fußboden, und machten mir ein Bett aus den besten Dingen, die wir mitgebracht hatten. – Die Geräte, die in dem alten Hause standen, waren demselben nicht entsprechend, sondern noch schlechter. Da sie der Großvater hatte heraufbringen lassen, hatte er nicht etwa die Zweckmäßigkeit oder Bequemlichkeit im Auge gehabt, sondern er war einem eigentümlichen Zuge seines Charakters gefolgt. Er war nämlich ein großer Liebhaber und Verehrer von alten Sachen, namentlich von mittelalterlichen und ganz besonders von vorchristlichen.

Um nun sein Jagdhaus geschichtlich einzurichten, hatte er alles, was er an alten Sachen besaß, herauf bringen lassen, und kaufte noch, was er antraf, zusammen. So wurde das Haus nicht etwa ein Denkmal, sondern es waren da Dinge aus den verschiedensten Zeiten beisammen und stachen von den auf die Wände gemalten Schäfern und Schäferinnen widerspenstig ab. Nach seinem Tode zerfielen sie völlig. Sie waren vom Wind und Regen verwittert, die Fugen ließen nach, manches hing nur lose zusammen und fiel, wenn wir es rückten, in einen Haufen Trümmer. Wir nahmen, was zu gebrauchen war, und träumten unsere Habseligkeiten ein. Wie manches Fach wurde nun mit unsern gewöhnlichen Dingen gefüllt, das einst zu einem ganz andern Gebrauche bestimmt war. Das Äußere des Hauses sah auch sehr übel aus. Es hatte schwarze, ausgebröckelte Mauern, von denen manches große Stück im Grase lag. Die Tore waren teils geschwunden, daß kein Riegel paßte, teils standen sie unbeweglich in verrosteten Angeln. Die Bäume des Großvaters waren verwüstet und vom Sturme gepeitscht. So war es, und da sollten wir nun leben und bis zum Ende unseres Lebens bleiben. Gleichwohl sahen wir alle ein, daß es geschehen müsse. Wir ließen zuerst das Dach und die Fenster und die Türen herrichten, daß wir wenigstens von außen gesichert wären, und dann gingen wir daran, uns im Innern eine Wohnung zurechte zu machen. Wir ließen das Notwendigste in Stand setzen und zogen uns in wenige Zimmer zurück. Als dies geschehen war, nahmen wir noch einen alten Mann mit einem Maultiere zu uns, welcher alle Geschäfte des Tales für uns zu verrichten hatte. Nach allen diesen Anordnungen, da wir nun heroben in unserem einsamen Hause wohnten, war es an der Zeit, daß wir auf die Mittel, welche uns nach dem Unglücke noch geblieben waren, einen aufmerksamen Blick richteten. Ich legte die Summe, die von dem Erlöse unserer Verkäufe nach Abzug der Auslagen noch da war, den Meinigen vor. Nach den bündigsten und genauesten Rechnungen zeigte sich, daß wir von ihr, wenn wir sie nach und nach aufzehrten, acht bis zehn Jahre leben könnten, das heißt, in äußerster Sparsamkeit, dann aber gar nichts mehr besäßen als das alte Haus auf der Haide. Wollten wir hingegen die Summe sogleich auf Zinsen austun, und sollten wir die höchsten dafür bekommen, so zeigte sich, daß wir bei der allergrößten Beschränkung nicht davon zu leben vermochten. Es war also eine große Besorgnis vorhanden, und wir mußten ernstlich darauf denken, was nun zu beginnen sei. In dieser Zeit fing; meine Gattin an, Camilla, die uns oft in früheren Jahren mit

ihrem Geigenspiele ergötzt hatte, und von der uns manche nähere Freunde versichert hatten, daß sie besser spiele als viele berühmte Meister, zu quälen, daß sie öffentlich auftreten und zu dem vorhandenen Vermögen so viel hinzu erwerben möge, daß die Familie für die Zukunft gesichert sei. Wir hatten sie sonst immer gerne gehört, und uns Eltern waren ihre Töne sehr lieblich in das Herz gegangen, ohne daß wir darauf gedacht hätten, diese Töne auch für Fremde preis zu geben: als aber jetzt diese Zumutung an Camilla erging, weigerte sie sich, darauf einzugehen, vergoß einen Strom von Tränen, und konnte sich nicht entschließen. Als die Sache öfter angeregt wurde, weigerte sie sich zwar nicht mehr geradezu, aber sie hatte rote Augen, ein abgehärmtes Antlitz und bleiche Wangen. Da sagte eines Tages Maria, die damals noch nicht völlig achtzehn Jahre alt war: ›Vater, ich werde etwas beginnen, was uns aus der Besorgnis und aus der Not heraus reißen wird.‹ Auf die Frage, was denn das sei, antwortete sie: ›Ich werde einen Obst- und Gemüsegarten, überhaupt eine Pflanzenwirtschaft hier anlegen, werde die Erzeugnisse verkaufen, davon werden wir leben und für die Zukunft etwas zurück legen.‹ Wir schauten das Kind an, und sagten, das sei wohl ein verunglückter Gedanke, da hier das Erdreich besonders unfruchtbar sei, da wir von den Orten des Verkehres abgelegen wären, da die Pflanzenpflege überhaupt nur sehr kümmerlich nähre, und da wir zuletzt ein zu kleines Stück Land um das Haus besaßen, als daß damit etwas anzufangen wäre. Hierauf antwortete sie: ›Ich habe auf das alles schon gedacht, aber die Erde muß durch sehr sorgfältige und außerordentliche Mittel, die ich aus Büchern lernen werde, verbessert werden, so zwar, daß sie
582 besser sei als jede andere, welche sich in der Gegend befindet. Zu dem Verkehre müssen die einfachsten und wohlfeilsten Mittel angeschafft werden, die sich selber wieder von den Abfällen der Pflanzen erhalten. Weil wir abgelegen sind, so ist gerade das Land wohlfeiler als in bevölkerten Tälern. Was die kümmerliche Ernährung durch die Pflanzenpflege betrifft, so muß man sie sehr gut betreiben, man muß die allerschönsten Pflanzen hervor bringen, man muß ihnen einen Markt suchen, und sie müssen Aufsehen erregen. Man muß schöne Blumen pflegen, namentlich jene schönen Blumen, welche den wohlhabenden Leuten sehr gefallen, die sie nicht selber hervor zu bringen verstehen und mit Freuden bezahlen. Was endlich den Umstand anlangt, daß wir nur ein kleines Stück Land um das Haus besitzen, so können wir ja nach und nach immer mehr erwerben, wie es unser Bedürfnis erheischt.‹ Es wohnte damals

ein jugendlicher, freundlicher Landwirt unten im Tale, der seine ererbte schlechte Besitzung zur Verwunderung aller Menschen in reinlichen Stand gebracht und ihr Erträgnis sehr erhöht hatte. Diesen mochte Maria vor Augen gehabt haben. Am Nachmittage nahm sie auch den alten Mann mit dem Maultiere und ritt zu dem Landwirte hinunter. Sie eröffnete ihm nach ihrer Art unsere ganze Lage und erzählte ihm, wie alles gekommen sei. Am Abende kam sie wieder zurück. Sie saß auf dem Maultiere gegen die rauhe Luft wohl verwahrt, und hatte einen großen Pack Bücher bei sich, die sie dem Tiere aufgeladen hatte. ›Vater,‹ sagte sie, ›morgen wird Alfred Mussar herauf kommen, er wird das Land untersuchen und uns dann einen Rat erteilen.‹ Noch an demselben Abende fing sie sehr eifrig in den Büchern zu lesen an. Am andern Morgen kam Alfred wirklich zu uns herauf und sagte uns, was ihm das Mädchen anvertraut habe, und daß er den Boden ein wenig ansehen wolle. Er hatte auch einen Mann bei sich; mit diesem ging er auf dem Haidegrunde herum, ließ Erde ausheben und ließ an verschiedenen Stellen Gruben graben. Als dieses geschehen war, kam er wieder in das Haus zurück und sagte, er glaube, daß Maria vollkommen recht habe, daß wir durch Benützung unseres Grundes und Bodens unabhängig leben könnten, und wir sollten unverzüglich an das Werk schreiten; er werde uns als hilfreicher Freund an der Seite stehen. Wir gaben seinen Kenntnissen und Erfahrungen nach und verabredeten gleich im allgemeinen einen Plan zum Beginne. Alfred hat sein Versprechen, uns beizustehen, nicht nur gehalten, sondern er hat weit, weit mehr getan, er ist unser bester Freund geworden, und ist es bis zu dem heutigen Augenblicke geblieben. Schon zwei Tage nach seinem ersten Besuche sandte er uns einen sachverständigen Mann herauf, der bei ihm in Diensten war, daß er bei uns das Ganze leite und deshalb auch immer heroben bleibe. Er sandte uns auch einige Taglöhner, welche in Arbeiten dieser Art erfahren waren. Nun wurde die Erde umgegraben, die Steine zerschossen, Wasserrinnen angelegt, Dünger herbei geschafft und Rasen getürmt, daß sich Erde bereite. Maria war bei allen Dingen dabei, sie wurde immer heiterer, und hatte sich kürzere Röcke und Stiefelchen machen lassen, um überall hin gehen zu können. Wenn es Abend wurde und die Leute ruhten, saß sie bei den Büchern und lernte in ihnen, um etwas vorwärts zu bringen. Es ist unglaublich, wie sich das Kind damals um die Sache annahm. Ich konnte ihm beinahe in keinem Stücke beistehen, weil ich nach den Erschütterungen und Sorgen der

583

vorhergegangenen Jahre fast immer krank war. Alfred kam anfangs in jeder Woche einmal, später sogar zweimal herauf. Wenn Maria sich nicht Rats wußte, ritt sie auch zu ihm hinunter. Sie saß hiebei immer auf dem Maultiere, das der alte Mann an dem Zaume führte. Endlich waren die Gründe umgearbeitet, die Mauer um dieselben aufgeführt, 584 die alten Bäume beschnitten und gereinigt, neue gesetzt, und die nackte Erde des Gartens mit Pflanzen bedeckt. So konnte es nun weiter gehen. Im ersten Sommer war es nicht viel, aber es wurde bald besser, so daß wir bei unserer einfachen Lebensweise nichts mehr von dem Unsrigen beisetzen durften. Die Sache war nun im Gange, und schwang sich immer besser empor. Maria richtete sich das Zimmer ein, welches sie noch hat, schrieb dort alles auf, lernte dort, leitete alles, und führte es zu dem Zustande, in welchem es jetzt ist. Sie strengte die Kräfte, die der Herr in ihren Körper gelegt hatte, so an, daß ihre Schönheit, welche, obwohl ich es als ihr Vater nicht sagen sollte, damals nicht nur das sanfte Aussehen Camillas übertraf, sondern wirklich außerordentlich war, ganz und gar verloren ging. Sie hatte eine sehr große Freude, als sie die erste Summe ersparte und einen Teil ganz nach ihrem Ermessen verwenden durfte. Sie ließ das Haus damit gänzlich herstellen. Sie ließ das Dach und die Mauern ausbessern, ließ letztere mit der schönen weißen Farbe übertünchen, die sie jetzt haben, und ließ im Innern die Zimmer, wenn sie auch nicht bewohnt waren, in vollkommenen Stand setzen. Als sie wieder eine solche Ersparung machte, ließ sie schöne Geräte verfertigen, ließ Teppiche und Vorhänge herbei kommen und richtete für die Mutter und Camilla eine Wohnung ein. Später ließ sie die schönen ebenholzenen Dinge für Camillas Geigenspiel machen und überreichte sie ihr zum Namensfeste – und endlich kaufte sie noch Wolle, Seide, Zeuge und Zugehör, daß mir Victoria und Camilla die Decken, Teppiche, Schämel und andere wohltätige Dinge in meine Wohnung verfertigen konnten. Für sich tat sie nicht viel, als daß sie sich ihr Zimmer einrichtete, wie es jetzt ist, mit den Geräten, die sie eben vorfand.«

Bei diesen Worten schwieg Rikar plötzlich, wir gingen schweigend 585 unseres Weges auf dem Rasen zwischen den grauen Steinen dahin; denn auch ich mochte die Stille nicht unterbrechen.

Dann fuhr er wieder fort: »Ich wurde nach und nach gesünder, und endlich so wohl, daß ich auch bei der Führung unseres neuen Geschäftes und unserer neuen Haushaltung tätig sein konnte. Es wurden die Erdbrennereien angelegt, es wurden die Glashäuser errichtet, es kamen die

Lasttiere in das Haus, und es mehrten sich die Leute, die wir brauchten. Die erste von denen, die in früherer Zeit bei uns dienten, und die von Maria wieder gerufen wurde, war die Amme Cornelia. Sie war, da wir Meran verließen, zu einer armen Verwandten gegangen, und hatte bei derselben gelebt. Sie folgte dem Rufe recht gerne, kam herauf in unsere Einsamkeit und schloß sich Maria bei der Führung der häuslichen Angelegenheiten an. Außer ihr kamen noch zwei andere, die sonst bei uns gewesen waren. Da alles schon behäbiger und freundlicher war, ließen wir die Nebengebäude verfertigen, die Laube in dem Kastanienwäldchen zimmern und zur Erheiterung den Springbrunnen graben. So wurde es uns immer besser und einträglicher. Unsere Erzeugnisse gehen unter dem Namen ›vom Berge Sankt Gustav‹ in die Täler, hauptsächlich aber über den See in die südlichen Gegenden, wo besonders Ableger, Knollen und Pflanzen unserer Blumen begehrt werden. Unter diesem Namen kommen auch die Briefe zu uns herauf, daher mag es gekommen sein, daß Euch in Riva auf meinen eigentlichen Namen niemand Auskunft zu geben vermochte. In jüngster Zeit wurden auch die andern Zimmer eingerichtet, daß wir doch einem Gaste, wenn einer zu uns herauf kömmt, eine Wohnung anweisen können. Von den alten Einrichtungsstücken sind manche geblieben, wie Ihr werdet gesehen haben, es wäre auch schade, wenn wir sie weg täten; denn sie sind noch brauchbar und erwecken, wenn sie an der rechten Stelle stehen, manche Erinnerung an vergangene Zeiten. Ich glaube, wir können in der Zukunft ohne Sorgen leben, da die Dinge, die wir hervor bringen, ein wirkliches Bedürfnis der Menschen sind, da wir sie immer auf das beste zu erzeugen bemüht sind, und da wir uns um alle neuen Wege, Erfindungen und Begehrungen bekümmern. Wenn es so fort geht, so kömmt doch vielleicht wieder eine Zeit, wo wieder Gemälde in dem Hause sind? und wo wieder die Bücher da sind, die ich verloren habe – zwar nicht die nämlichen, die in meines Vaters Sammlung waren, – wo werden die sein – aber doch andere desselben Inhalts, die ich dann so binden lasse wie die Victorias, die sie aus der alten Sammlung gerettet hat. – Doch lassen wir das. – – Daß ich wieder auf den Punkt zurück komme, um den es sich eigentlich handelt, dessentwillen ich Euch heraus geführt habe, und dessentwillen ich Euch alles erzählt habe, – ich habe den Brief, den ich versprochen hatte, nicht geschrieben, weil ich so arm war, daß ich mich schämte, an Euch zu schreiben. Später hätte ich es wohl tun können, aber da dachte ich immer, was wird er denken, daß du

586

nun plötzlich den Brief sendest. So unterblieb es bisher. Aber es war schon beschlossen, daß es geschehen sollte, und daß Euch alles dargelegt werden sollte – da kommt Ihr selber, was recht gut und recht schön und recht lieb von Euch ist – und Ihr verzeiht mir wohl meine Scham, gedacht habe ich immer an Euch, und Euer Benehmen gegen mich habe ich nie vergessen.«

»Freund Rikar«, antwortete ich, »da ist ja gar nichts zu schämen, das ist ja alles so gut und so ehrenwert und so herrlich! Hätte ich nur im mindesten gewußt, daß Ihr in Not seid, meine Lage war damals schon ziemlich gut, ich hätte Euch Gewiß mit irgend etwas Beistand geleistet.«

»Ich weiß, ich weiß«, erwiderte er, »Ihr hättet mir geholfen; aber es ist doch besser, daß es so gekommen ist, wie es gekommen ist. Fremde Hilfe, wie gut sie auch gemeint sei, wie gerne sie auch geleistet wird, drückt doch immer den, der sie empfängt. So aber ist alles aus unserm Eigenen hervor gegangen. Alfred war so zart, daß er zu der Zeit, da wir noch nichts vergelten konnten, immer nur mit gutem Rat oder Handanlegung half, so daß er uns nicht den Glauben nahm, wir haben alles gemacht und haben durch Pflichterfüllung die Sache in den Stand gesetzt, in dem sie ist.«

587

Bei diesen Worten hatten wir auf unserem Rückwege um die Ecke eines Felsens gebogen, und das ganze Haus, das uns früher zum Teile verborgen gewesen war, lag vor uns. Es lag mit seinen Nebengebäuden ein wenig tiefer, als unser Standort war, so daß wir alles überblicken konnten. Die unaufhörlich reine Sonne dieser Tage schien mit ihren blendenden Strahlen auf das Anwesen nieder, die Dächer glänzten, die Mauern waren in angenehmem Sonnendufte, die Gewächse streckten alle ihre dunkeln Blätter zu dem segnenden Himmel empor, und die Haide mit ihren Steinen lag in ruhiger, in grauer und sonnenhafter Farbe herum.

Nachdem wir unwillkürlich ein wenig stehen geblieben und die Sache angeschaut hatten, sagte ich: »Lieber Freund, den größten Schatz habt Ihr bereits in Eurem Hause: Ihr lebt ein innerliches, liebliches, belohnendes Leben, und wenn Ihr auch von der Welt abgeschieden seid und wenig mit fremden Menschen zusammen kommt, so habt Ihr doch in Euch und den Eurigen ein Glück, das Ihr vielleicht nicht kennen gelernt hättet, wenn das Übel nicht über Euch gekommen wäre.«

»Denkt Ihr auch so«, erwiderte er, »mir ist das schon öfter in den Sinn gekommen. Wir haben einfach, gut und einträchtig gelebt, als wir noch im Wohlstande waren und fast gleichmäßig unsere Zeit und unsere Einkünfte verzehrten; aber erst, als das Mißgeschick zu uns gekommen war, erkannten wir, welche Liebe und Güte und zusammenhaltende 588 Treue in dem menschlichen Herzen wohnen könne. Ich habe es also für eine Schickung der göttlichen Vorsicht gehalten, ich habe es für eine Wohltat gehalten, daß alles so gekommen ist, wie es gekommen ist.«

»Meine Erfahrung hat mich gelehrt«, antwortete ich, »daß der Schmerz und das, was wir im gewöhnlichen Leben ein Übel nennen, eigentlich nur ein Engel für den Menschen ist, ja der heiligste Engel, indem er den Menschen ermahnt, ihn über sich selbst erhebt, oder ihm Schätze des Gemütes zeigt und darlegt, die sonst ewig in der Tiefe verborgen gewesen waren. – Und wegen des Briefes, Freund Rikar, braucht Ihr gar nicht besorgt zu sein, ich hätte um kein Haar anders von Euch gedacht, wenn Ihr auch seiner gar nicht erwähnt hättet. Nur darum ist es mir jetzt lieb, daß Ihr von ihm gesprochen habt, weil ich durch diese Gelegenheit das so Schöne und Ehrenwerte erfahren habe, was ich erfahren habe.«

Wir gingen während dieses Gespräches die schwellende Wiege des Rasens sanft abwärts dem Hause zu. Mein Freund war gerührt, seine in das immerwährende Schwarz gekleidete Gestalt schnitt sich scharf von dem hellbeleuchteten Grunde des Rasens und von den in der Sonne fast weiß erscheinenden Steinen ab. Ich ging schweigend neben ihm. Als wir durch die lose Steinmauer in die Anlagen eintraten, betrachtete ich die kräftigen Blätter des Kohles, die dunkeln, aufwärts strebenden der Gemüse, die Pflanzen, welche bloß zum Tragen von Blumen bestimmt waren, die höheren Stämme und das überall verbreitete Zwergobst mit einer Art von Ehrfurcht. Wir gingen die Anlagen hindurch, rechts und links stand alles im besten Gedeihen, die fleißigen Hände von Arbeitern regten sich auf verschiedenen Punkten, und sie griffen nach ihren Kopfbedeckungen, wenn sie uns erblickten, um uns zu grüßen, was sie jedes Mal taten, wenn wir von einem unserer Spaziergänge 589 zurück kamen. Wir traten in das Haus und begaben uns nach einigen unbedeutenden Gesprächen jeder in unser Zimmer.

Ich war den ganzen Tag über in einer edleren Stimmung.

Es vergingen von da an mehrere Tage, ich brachte sie mit gewöhnlichen Dingen zu, teils mit Zeichnen, teils mit Marias Pflanzenpflege.

Da geschah es eines Nachmittages, daß wir an dem Rande des Kastanienwäldchens saßen, nämlich Mutter Victoria, Rikar und ich. Die

Mädchen waren in dem Garten beschäftigt, oder eigentlich Maria tat ein Geschäft und Camilla sah ihr zu. Die Lüfte waren lind und der Springbrunnen plätscherte angenehm. Die Mutter war besonders freundlich und mild, und erzählte mir von Camilla, und wie sie dazu gekommen sei, die Geige als ihr liebstes musikalisches Instrument zu pflegen.

»Sie war ein sehr schönes, frohes Kind«, sagte sie, »sie war lebendig, feurig, rosenwangig und jauchzend. Jeder, der sie sah, geriet in Entzücken. Wir waren damals noch in Mailand, und die Eltern von beiden Seiten lebten noch. Da nahm ich das Kind einmal in den Dom mit. Die Eltern waren der Meinung, daß man ein Kind nicht zu früh in die Kirche führen solle, wenn es nämlich noch nichts von den heiligen Handlungen versteht. Da Rikar und ich diese Meinung teilten, war noch keine unserer Töchter in eine Kirche gekommen. Weil aber Camilla schon Vorstellungen von Frömmigkeit zu bekommen schien, da sie immer so andächtig bei ihrem Morgen- und Abendgebete kniete, und da sie die Äuglein nach oben erhob, als wüßte sie, wo das Wesen wohne, zu dem sie das Gebet richtete, so beschloß ich, sie einmal in die Kirche mit zu nehmen. Ich führte sie zuerst an einem Nachmittage in den Dom, zeigte ihr die 590 Säulen, den Schmuck, die Wölbung und die Altäre, und sagte ihr, daß dieses das Haus Gottes sei, wo die gläubigen Menschen zusammen kommen, um ihn, den man wohl überall anbeten könne, doch hier ganz besonders zu verehren. Ich versprach ihr, daß ich sie, wenn sie recht gut wäre, bald wieder mit mir in die Kirche nehmen würde, aber nicht, wenn dieselbe so leer stünde wie heute, sondern wenn die Menschen versammelt wären, um Gott anzubeten. Das Kind erinnerte mich nun alle Tage daran, und eines Tages, als ich in die Messe ging, nahm ich es mit. Ich wiederholte dieses von Zeit zu Zeit. Einmal war ein feierliches Hochamt. Wir gingen ebenfalls hin. Ich weiß nicht, warum ich dem Kinde nie gesagt hatte, daß man in der Kirche auch zuweilen Musik mache; wir hatten bisher nur immer die stille Messe besucht. Als in den großen Räumen, die heute noch dazu mit Menschen voll gefüllt waren, teils mit geputzten, teils mit armselig gekleideten, die Töne der Orgel erklangen, war Camilla außerordentlich überrascht. Das Kind mochte bisher die heiligen Verrichtungen des Priesters an dem Altare für die einzige Gottesverehrung gehalten haben, wie mußte es ergriffen werden, als es diese neue Anbetung vernahm. In unserem Hause war damals wenig Musik, bloß ein bißchen Klavier und Gesang. Das Kind, welches bisher immer neben mir gesessen war, und die Händchen gefaltet und die Augen gegen den Altar gerichtet hatte, vergaß seine Andacht und horchte mit der ganzen Kraft seiner Seele auf die Musik. Im Benedictus war ein Violinsolo, und als die Töne recht deutlich und verständlich von der andern Musik weg gingen, sah ich das Kind neben mir sitzen, seine Händlein waren ihm in den Schoß gesunken, und die Wänglein waren rosenrot erblüht. Als die Messe aus war, nahm ich es an der Hand, führte es hinaus, und das Kind hüpfte an meiner Seite nach Hause. Als wir zu Hause angekommen waren, erzählte es dem Vater von der Musik, die es gehört hatte, und fragte, was das für Klänge gewesen seien, die so annehmlich und so lieblich getönt hätten. Ich antwortete: ›Eine Geige.‹ Von nun an fragte Camilla immer, was eine Geige sei, wie sie aussähe, und wie man sie behandle, daß sie klinge. Als sie einmal eine in einer Gesellschaft sah, rührte sie dieselbe an und versuchte, darauf zu spielen. Da ihr der Großvater eine zum Scherze kaufte, spielte sie immer darauf; und da sie einen Lehrer bekam, machte sie große Fortschritte. Sie liebte diese Töne ungemessen, und suchte sie immer hervor zu bringen. Sie machte oft tagelange, oft nächtelange Übungen, daß es selbst ihrer Gesundheit schadete. Als die Großeltern schon lange tot waren, und als sie den Lehrer nicht mehr hatte, der ihr nur die Anfangsgründe hatte beibringen können, ging sie allein zu ihren Notenbüchern und suchte den Inhalt derselben in ihre Saiten zu setzen. So trieb sie es fort, und gelangte nach und nach zu ihrer lieblichen, himmlischen Kunst, die ihr jetzt so viel gilt.«

»Teure Victoria«, antwortete mein Freund auf diese Worte, »ja es ist eine himmlische Kunst; aber unser Kind wird an dieser Kunst sterben. Du hast selber gesagt, wie die Übungen ihrer Gesundheit geschadet haben – du hast auch gesagt, wie sie rosenwangig und jauchzend gewesen sei – aber siehe, wo sind denn nun die roten Wangen, und wo ist die Fröhlichkeit? – Es ist wahr, daß die Kunst in jeder ihrer Darstellungsarten himmlisch ist, ja sie ist das einzige Himmlische auf dieser Welt, sie ist, wenn ich es sagen darf, die irdische Schwester der Religion, die uns auch heiligt, und wenn wir ein Herz haben, sie zu vernehmen, werden wir erhoben und beseligt; aber, liebe Victoria, der, der sie ausübt, muß fast mehr sein als ein Mensch, daß er ihr nicht unterliege. Er muß von dem, was er andern reicht, und wovon er mehr ergriffen wird als sie, nicht überschüttet und zerstört werden. Darum muß er auch die übrigen Kräfte in hoher Gabe haben: er muß im Haupte den erhabenen Verstand haben, daß er die Dinge in großen Maßen verbinden und würdigen kann, er muß in den Nerven den festen Sinn haben, daß er die Welt aufnehmen und mit Entschiedenheit und Liebe tragen kann, und er muß in dem ganzen Körper die klare Gesundheit haben, daß er alles, sowohl die linden Lüfte und den warmen Sonnenschein als auch die starre Kälte und die schneidenden Winde, mit Anmut genieße. Von dem bloßen einseitig wiederholten heißen Gefühle ermattet das Herz. Siehst du nicht, wie von der Hingabe Camillas an ihr Spiel ihr Gemüt verwelkt? Ihre Wangen sind blasser, um die Stirne ist ein Flor, und die Augen sehen stiller, aber auch sehnsüchtiger und trauriger. Siehst du nicht, wie sie beim Fortschreiten dieser Dinge nur immer mehr zur Geige flüchtet, um ihr das versinkende Leben anzuvertrauen?«

»Du siehst wohl etwas zu hart, Rikar«, antwortete die Mutter, »die Gefühle Camillas sind wohl auch ohne der Kunst vorhanden, ja die Kunst ist eine Folge davon. Wenn ihre Wangen blasser sind und ihre Augen sanfter schauen als in der Kindheit, so ist das schon die Wirkung der Wesenheit solcher Menschen, die ein tieferes inneres Leben leben als andere, wodurch es geschieht, daß das äußere leidet. Auch haben ja Mädchen in ihren Jahren noch allerlei andere Gefühle, die sie beunruhigen, und die wir im Alter wohl belächeln.«

Ich konnte bei diesen Äußerungen einen tiefen Blick in das Innere der Familie tun, der mir manches enthüllte; aber ich konnte die Fortsetzung des Gespräches, und was der Vater auf die Worte der Mutter gesagt haben würde, nicht mehr erfahren; denn die angefangene Rede ward durch den Gegenstand derselben, durch die Mädchen, unterbrochen, welche auf dem Sandwege gegen uns heran kamen.

Sie gingen Arm in Arm. Sie waren beide ganz gleich gekleidet. Jede 593 hatte einen breiten Sommerstrohhut auf, dessen grüne Bänder an der Wange nieder gingen; jede hatte ein Sommerkleid von roher Seide an, nur daß es bei Maria um ein merkliches kürzer war als bei Camilla, und jede hatte endlich ein blaues Seidentüchlein um den Busen. Der einzige Unterschied war, daß Camilla einen Sonnenschirm hatte, den Maria nie trug.

Als sie herzu gekommen waren und so vor uns standen, konnte ich die Wahrheit oder Unwahrheit von Rikars Ausspruche beobachten. Wer die Schwestern mit oberflächlichem Blicke angeschaut hätte, würde sie für Zwillinge gehalten haben, und doch konnte es nichts Ungleicheres geben. Camilla hatte sanfte, weichgebildete Wangen, die von dem

Strohhute überschattet wurden; die lichte, zarte Farbe derselben war von einem leichten Hauche von Rot überflogen; das Sommertuch deckte den schlanken keuschen Busen; und die lange Wimper hüllte sich über große Augen, in welchen wirklich, wie in einem Spiegel, Schwärmerei, wo nicht gar Schwermut und Leiden lag. Maria hatte dieselben Wangen, nur schienen sie fester gebildet, und die Überschattung durch den Strohhut konnte weniger bemerkt werden, weil sie ohnedem durch den Sonnenstrahl, dem sie immer ausgesetzt waren, gebräunt erschienen; das Sommertuch saß knapp und dicht über dem Herzen; und aus denselben großen spiegelnden Augen, wie sie Camilla hatte, sah der Glanz der Ruhe oder der der Zufriedenheit und Ehrlichkeit.

Das Gespräch der Ehegatten, welches für mich so bedeutsam werden wollte, war also unterbrochen, und es begann ein anderes mit den Ankömmlingen, die die Mutter fragte, was sie in der Blumeneinfassung getan hätten.

»Wir haben eben nichts Besonderes getan«, antwortete Maria, »ich habe die langgewachsenen Georginenstämme an Stützen gebunden, und Camilla hat mir zum Teile geholfen. Meine Arbeit ist für heute abgetan, und ich stehe euch zu Gebote, wenn ihr etwas unternehmen wollt, sei es nun, daß wir in dem schattigen Wäldchen hier bleiben, oder daß wir einen Spaziergang hinaus auf die Höhen und unter die Steine versuchen.« 594

»Bleibt ein wenig bei uns und setzt euch hier nieder«, sagte die Mutter, »es ist zum Spazierengehen in dem Augenblicke noch zu warm, und später werden wir schon sehen, was zu tun sei.«

Camilla lehnte ihren Sonnenschirm an einen Kastanienstamm, was sie immer tat, weil sie ihn auf einem Tische oder auf einer Bank vom Staube gefährdet gehalten hätte, den sie, wie jede Unreinlichkeit, aufs äußerste fürchtete, und beide Mädchen setzten sich nieder.

Die Bänke standen am Rande des Kastanienwaldes und auch in dessen Mitte so, daß immer ihrer mehrere einen kleinen Kreis bildeten, in welchem man sich gegenüber setzen konnte.

So taten wir auch heute; wir saßen so, daß wir uns in die Angesichter sehen konnten, und sprachen, wie es öfter geschah, wenn wir während der Hitze unter dem schirmenden Laubdache dieser Bäume saßen, von verschiedenen wichtigen Dingen. Es wurden die menschlichen Angelegenheiten besprochen, und nicht selten kamen wir auch auf die Abhandlungen der Weltweisheit und mancher Aussprüche, die gelehrte und berühmte Männer in Vorzeiten getan und verfochten haben, was sie zum Zwecke ihres Lebens gemacht, und wofür sie nicht selten dieses ihr Leben eingesetzt hatten.

Wir gingen an diesem Tage auch nicht mehr auf die Höhen und unter die Steine hinaus, sondern, wie es sich öfter ereignete, weil der Garten so reich und mannigfaltig war und viele Gegenstände zur Betrachtung und Unterhaltung bot, blieben wir in demselben, wir zeigten uns dies und jenes, wir befragten uns, unterredeten uns, arbeiteten gelegentlich noch etwas, trennten und fanden uns, wie es eben der Gegen-
595 stand, mit dem wir uns beschäftigten, erheischte, und als, wie es allemal war, eine außerordentlich prachtvolle Nacht über diese Einöde herüber zog, lehnte ich noch sehr lange in meinen Fenstern und schaute hinaus. –

Endlich richtete ich mich doch zu meiner Abreise zusammen. Ich brachte meine Sachen in Ordnung, und wollte sie in den nächsten Tagen in das Ränzlein packen, um von diesem Punkte meine Reise wieder in die weitere Welt fortzusetzen.

Aber es kam ein wenig anders.

Als ich eben mein Ränzlein packte, hörte ich im Gange ein freudiges Laufen, ein Rufen, ein Zuschlagen der Türen – und dann war es stille. Ich ließ ab von meinem Geschäfte, ließ die aufgelösten Riemen des Ränzleins über den Tisch herabhängen und begab mich hinaus, um zu erforschen, was die ungewöhnliche Bewegung bedeute. Gleich bei meiner Tür stieß mir die Amme auf, und ich fragte sie, was es gäbe.

»Mein Gott«, sagte sie, »so habt Ihr denn von allem nichts gesehen und gehört – und es ist doch ein solcher Lärm gewesen. Drei Maultiere haben die Kisten getragen, man hat sie abgeladen und hat sie unterdessen in das Gewölbe der Halle gesetzt. Wo seid Ihr denn gewesen, daß Ihr nichts gesehen und gehört habt? Alfred Mussar ist gekommen, er ist von seiner großen Reise zurückgekehrt, und ist auf seinem braunen Pferde herauf geritten. Jetzt sind sie alle im Speisesaale beisammen.«

Die Amme war hochrot vor Freude, und ich drehte den Schlüssel im Schlosse meiner Tür vollends um und steckte ihn zu mir, um in den Speisesaal zu gehen.

Als ich eintrat, hatte ich einen Anblick, wie der war, den ich in meinem Zimmer verlassen hatte. Es lag nämlich auf dem Tische ebenfalls ein Ledersack, der ebenfalls zum Teile geschnürt war und die andern
596 Riemen über den Tisch herabhängen ließ: nur der Unterschied war, daß dieser Ledersack viel größer als der meine, und daß man nicht im Zu-

sammenpacken, sondern im Auspacken begriffen war. Alle standen um den Sack herum. Man hatte mich ganz vergessen. Als ich herein kam, riefen sie mir zu, ich solle mich nähern und solle an dem Vorgange Anteil nehmen.

Außer den gewöhnlichen Mitgliedern der Familie, nämlich Rikar, der Mutter und den beiden Mädchen, stand noch ein junger Mann mit freundlichen, leuchtenden Augen an dem Tische. Er war in die Gebirgstracht der Gegend gekleidet, nur hie und da ein wenig veredelt, die ihm sehr wohl stand. Er war äußerlich angenehm gebildet, ich könnte sagen, ungemein schön: die Wangen waren fein und rot, nur etwas zu dunkel, der Mund edel, das Kinn rein, die Stirne hoch und die Locken darum anmutig gelegt. Er hatte die Augen zu mir erhoben, als ich eingetreten war, und als er das Rufen der Umgebenden vernahm, und hatte von seinem Geschäfte abgelassen; denn unstreitig war er darin begriffen, den Ledersack aufzuschnallen.

Rikar löste sich von der Gesellschaft los, ging auf mich zu, nahm mich bei der Hand, führte mich zu dem Fremden und sagte: »Mein sehr lieber Freund, Otto Falkhaus, der in Wien mein langwochentlicher Nachbar war, der mir jene Liebesdienste tat, wovon ich Euch erzählt habe, und der uns jetzt die Freude machte, uns auf einer Durchreise zu besuchen und eine Zeit in unserm Hause zu verweilen.«

Als er mich so vorgestellt hatte, wendete er sich mit der Hand gegen den jungen Mann und sagte: »Mein anderer sehr lieber Freund, Alfred Mussar, der uns dieses Haus und Anwesen in den Stand setzen half, in dem es jetzt ist, der uns immer ein treuer Freund und Ratgeber gewesen ist, der uns zu lange verlassen hat, und der nun doch wieder in seine Heimat zurückgekehrt ist.«

597

Bei diesen Vorstellungen verbeugten wir uns gegenseitig stumm, und ich sah bei dieser kleinen Bewegung, daß der Fremde das Benehmen der feineren Stände haben müsse. »Jetzt laßt uns aber unser Geschäft nicht mehr unterbrechen«, sagte die Mutter, »stellen Sie sich zu uns, und sehen Sie mit uns, was unser Freund vornehmen wird.«

Ich stellte mich auf diese Einladung der Mutter an den Tisch, und zwar auf Seite der Mädchen, und Alfred fuhr fort, die Schnallen des Sackes aufzulösen.

Als man ihm hiebei helfen wollte, hatte ich auch Gelegenheit, seine Stimme zu hören; denn er sagte den Scherz: »Ich bitte, mich nicht zu unterstützen; niemand kennt die Geheimnisse meines Sackes, und es könnte nur Verwirrung entstehen.«

Die Stimme war rein und einnehmend und wohltönend.

Als er alle Schnallen gelöst hatte, tat sich der Sack auseinander und zeigte im Innern zwei Hauptfächer, in denen wieder mehrere in Papier gewickelte Gegenstände verpackt waren.

»Ehe ich weiter schreite«, sagte er, indem er bei seiner Arbeit inne hielt, die Hand auf den Sack legte und die Augen gegen die Anwesenden richtete, »bitte ich alle, daß niemand gegen die Geschenke, welche ich gebracht habe, und welche mich freuen, eine Einwendung mache, sondern daß jeder die für ihn bestimmten freundlich und bereitwillig annehme.«

Als alle auf diese Bedingung eingegangen waren, sagte er: »Nun, so fahren wir fort.«

Nach diesen Worten löste er noch die inneren Schnallen und Bänder, die der Sack hatte, und es kamen nun sehr viele und verschiedene Papiersäcke zum Vorscheine, auf deren jedem der Name dessen stand, dem er gehörte. Aber auch anderes war dabei.

»Jetzt ist es erlaubt«, sagte Alfred, »daß jedes das Papier, auf welchem sein Name steht, auflöse und die Sache, die es enthält, herausnehme. Damit aber dieser Sack nicht weiter stört, wollen wir ihn beseitigen.«

Mit diesen Worten nahm er den leeren Sack von dem Tische und trug ihn in eine abgelegene Ecke des Saales. Die Anwesenden aber begannen die vielen Schnüre und Papiere zu lösen, mit denen die unbekannten Gegenstände umwickelt waren. Alfred und ich halfen gelegentlich bald hier, bald da. In kurzem war der Tisch mit Schnüren, Papieren und Geschenken bedeckt.

Alfred war in Paris gewesen. Da kamen nun schwere Seidenstoffe zum Vorscheine, es kamen Teppiche, Umhängtücher, Halstücher, Kleiderzeuge von allen Arten, und endlich Kopfputze, Handschuhe und sogar Stiefelchen. Aber auch jene vielseitigen Spielereien und Tändeleien fehlten nicht, an denen Paris so reich ist, und in denen das französische Volk alle andern Völker der Erde übertrifft. Außer diesen allgemeinen Geschenken waren aber auch noch besondere, welche nur einzig und allein auf den Beteiligten paßten, daß man sah, wie emsig Alfred auf die Familie bedacht war, und wie sehr er sich in der Ferne mit jedem einzelnen beschäftigt hatte.

Die Mutter bekam eine kleine goldene Uhr, sehr zierlich gearbeitet und so flach, daß sie fast mit einer Münze wetteifern konnte. Sie bekam noch einen kostbaren Lichtschirm, mehrere französische Bücher, die sie noch nicht hatte, und endlich ein Schreibgeräte und feines Siegellack, weil sie die einzige in der Familie war, die noch zuweilen freundschaftliche Briefe, und zwar an eine alte Jugendfreundin in Mailand schrieb.

Der Vater erhielt ein Schachspiel aus Ebenholz und Elfenbein, ein auserlesenes Fernrohr, ein Thermometer, und ein Instrument, die Bläue des Himmels zu messen, mit welcher Erscheinung er sich besonders abgab.

Camilla empfing zu ihrem goldenen Armringe, den sie gewöhnlich bei ihrem Geigenspiele anzuhaben pflegte, einen zweiten ähnlichen, der ungemein leicht und edel gearbeitet war, dann erhielt sie noch in mehreren ebenholzenen Büchslein duftendes Geigenharz und in violett samtenen Fächern eine Sammlung aller Geigensaiten, welche in der ganzen Welt gemacht werden.

599

Maria bekam ein großes Werk in gepreßtes Leder gebunden, das eine Einzelbeschreibung der Kamelien nebst ausgezeichneter Abbildung aller bekannten Arten enthielt. Außerdem empfing sie noch ein Werk über Orchideen, und eins über Landbenützung, das in Paris neu war und Aufsehen erregt hatte. Und zum Schlusse erhielt sie einen Schwank, nämlich gleichsam wie ein chirurgisches Besteck ein Fach mit allen kleineren Gartenwerkzeugen, Messern, Scheren und dergleichen, alles zierlich eingeteilt und mit silbernen Griffen versehen.

Als man alles ausgepackt hatte, als man nun im Ernste mit Erstaunen vor diesen Geschenken da stand, und mit Aufrichtigkeit, auf die im Scherze eingegangene Bedingung vergessend, versicherte, daß das zu viel sei, sagte Alfred: »Ich habe es ja gewußt, daß es mir so ergehen wird. Ich habe mich auf der ganzen Reise auf diesen Augenblick gefürchtet. Wollt ihr mir denn keine Gefälligkeit erweisen? Ich habe gar niemanden. Ihr wißt, daß mein Haus allein steht, daß kein Nachbar da ist, daß nur meine Arbeitsleute mit mir unter demselben Dache wohnen, daß ich keinen Vater, keine Mutter, keine Schwester, keinen Bruder, keine Gattin habe. Ich habe bei meiner Art zu leben um viel weniger zu dieser Reise gebraucht, als mir ein Bekannter, der in diesen Dingen erfahren ist, voranschläglich ausgerechnet hatte. Ich habe also erspart. Ich habe verschiedene Dinge gekauft, um auch die größte Freude, die eine Reise gewährt, zu haben, nämlich die, Geschenke zu bringen. Ich

wollte sie euch bringen, weil ihr meine nächsten Nachbarn seid, und
600 mir sonst auch gerne eine Freundschaft erwiesen habt. Ich hatte den Wunsch gehabt, noch viel mehr zu kaufen, allein mir fehlte der Mut dazu.«

Auf diese Worte war es um den ganzen Tisch herum sehr stille; denn jedes fühlte in sich, daß es unedel wäre, auch nur ein einziges der Geschenke zurückzuweisen, und daß sie daher alle angenommen werden müßten.

Rikar ging auf den jungen Mann zu und sagte: »Ihr seid recht gut und recht wahrheitsliebend, und das Gefühl, das Ihr aus gesprochen habt, lebt allerdings in dem menschlichen Herzen, ich kenne es sehr gut; darum fühlen wir uns geehrt, daß Ihr dieses Gefühl gegen uns gewendet habt, da Euch nähere Angehörige abgehen; und ich glaube die Gesinnung aller der Meinigen zu treffen, wenn ich erkläre, daß wir die Geschenke mit großer Freude annehmen und unsern Dank für die Erinnerung, die Ihr in fremden Ländern an uns bewahrt habt, auf das innigste ausdrücken.«

Victoria stimmte der Erklärung ihres Gatten bei, und die Mädchen sahen Alfred an, dessen Angesicht voll Zufriedenheit glänzte.

»Aber da wir noch bei diesen herrlichen Sachen beisammen stehen«, fing jetzt die Mutter an, »so fällt mir etwas ein, das ich vortragen will, und für das ich um die Zustimmung bitte – oder vielmehr ihrer gewiß bin. Während wir über diese lieben Dinge, die uns ein Freund als Andenken mitbrachte, sehr erfreut sind, während er selber erfreut ist, sie gebracht zu haben, steht ein anderer Freund bei uns, der eben so wie der Angekommene keinen Vater, keine Mutter, keine Schwester, keinen Bruder, keine Gattin zu Hause hat, der uns allen gleich lieb ist, und der daher ein Recht hat, zu uns zu gehören. Da Alfred, der zur Bedingung seiner Reise gemacht hat, keinen Brief zu schreiben und zu empfangen, nicht wissen konnte, welch lieben Besuch wir in seiner Abwesenheit erhalten haben, so konnte er auch bei der Verteilung der Ankommens-
601 rechte nicht auf denselben Rücksicht nehmen, wie er wohl sonst getan hätte: ich stimme daher, daß wir den Sinn des Gebers ergänzen, und einen Teil unserer Rechte, so viel jedes will, an unsern Gast abtreten, daß er nicht ein Fremder, sondern ganz und gar einer der Unserigen sei.«

Dieser Vorschlag der Mutter hatte aus dem Ernste, der einige Augenblicke geherrscht hatte, wieder die Heiterkeit hervorgerufen. Alle riefen einstimmig: »Ja, ja, das wollen wir tun.«

Ich fühlte, wie mir das Blut in das Angesicht stieg, ich fühlte es an der Hitze meiner Wangen und widersetzte mich dem Antrage. Aber alle stürmten auf mich ein, sie sagten, ich dürfe keine Widerrede machen, es dürfe einmal nicht sein, und man werde zur Teilung schreiten.

»Wenn eine solche Sache beliebt wird, und wenn Allgemeinheit unter uns eingeführt wird«, sagte Alfred, »so ist meine Freude und mein Vergnügen noch größer.«

»Er ist zu Hause ein Landwirt, wie wir hier«, sagte Maria, »und wenn Sie in den Kisten, die in der Halle stehen, landwirtschaftliche Gegenstände haben, wie Sie sagten, und er einige brauchen kann, so muß er auch davon noch nehmen, nicht wahr?«

»Freilich«, sagte Alfred, »und es freut mich doppelt, daß der Gast dieses Hauses ein Landwirt ist. Es sind viele Gegenstände in den Kisten, er kann sich auswählen, und wenn er mir die Ehre seines Besuches in meiner Behausung angedeihen lassen will, so muß er manches als Erinnerung an diese Gegend annehmen und es nach seiner Heimat schicken.«

»Mengt nicht neue Dinge ein«, sagte die Mutter, »sondern laßt uns zur Erledigung der alten schreiten. Ich stimme zuerst. Nehmt diesen Lichtschirm, gebraucht ihn manchmal, wenn Ihr an langen Winterabenden zu Hause bei Eurem Arbeitstische sitzt und etwas schreibt oder leset, und erinnert Euch dabei an uns.« 602

Mit diesen Worten legte sie ihren schönen Lichtschirm auf die Stelle des Tisches, an welcher ich stand.

Rikar stimmte der zweite. »Nehmt dieses Fernrohr«, sagte er, »unter allen Dingen, die ein Reisender nötig hat, ist dieses eines der nötigsten und zweckmäßigsten, namentlich für einen, der nicht Geschäfte halber reiset, sondern ansehen will, und insbesondere Gegenden und Fernen ansehen will.«

Ich erwiderte hierauf: »Nein, Rikar, dieses kostbare Instrument kann ich nicht annehmen; es dient Euch selber sehr gut, und Ihr erinnert Euch ja, daß ich ohnedem ein gutes Fernrohr mit mir führe.«

»Eben darum sollt Ihr es nehmen«, sagte er, »weil an dem Eurigen etwas brechen und es zeitlich untauglich machen kann. Ich habe denselben Grund wie Ihr, ich habe ebenfalls schon ein sehr gutes Rohr. Und der letzte Grund, den ich habe, ist der, daß Ihr es annehmen müßt.«

Er legte mit diesen Worten das Rohr zu dem Lichtschirme.

»Ich weiß nicht, was ich von meinen Dingen geben soll«, sagte Camilla, »aber Sie sind ein so guter Kenner von Geigentönen, daß Sie zu Hause gewiß auch nicht anders als vortrefflich spielen. Ich gebe Ihnen daher von diesem Geigenharze und teile die Saiten mit Ihnen.«

»Ich kann eigentlich nicht teilen«, sagte Maria, »da ich lauter Ganze erhalten habe; aber ich gebe Ihnen ein Ganzes, nämlich diese Bücher, sie sind unvergleichlich ausgestattet, stellen Sie dieselben in Ihre Sammlung, und denken Sie an uns. Weil ich den Inhalt nicht entbehren kann, so wird Alfred schon so gut sein, mir anzugeben, wo ich sie wieder bekommen kann.«

Mit diesen Worten reichte sie mir das französische Werk hin, das ihr Alfred gebracht hatte, und das sehr kostbar gebunden war.

603 »Und daß er nicht bloß etwas von den einzelnen Gaben habe, die uns zugedacht worden sind, sondern auch von den allgemeinen«, sagte die Mutter, »so wollen wir ihm noch diesen Teppich geben, der die Bestimmung haben soll, daß er ihn zu Hause unter seinen Schreibtisch lege.«

»Ja, den Teppich müssen Sie noch nehmen, den müssen Sie noch nehmen«, sagten die Mädchen.

Man schob ihn auf dem Tische gegen meinen Platz hin.

Ich war nun im äußersten Grade verlegen und sagte: »Nein, diese Sachen kann ich unmöglich alle annehmen, sie sind zu viel. Ich bin durch die Mitteilung aller jetzt reicher geworden als die einzelnen Gebenden.«

»Wenn Ihr reicher geworden seid«, antwortete die Mutter, »so ist das ganz natürlich; denn wem mehrere andere geben, der kann leicht etwas mehr haben als die einzelnen. Aber wem von uns könnt Ihr etwas zurückgeben, ohne ihm wehe zu tun? Nehmt es daher so freundschaftlich an, als es geboten worden ist.«

Das Wohlwollen und die Güte aller war so unverkennbar und eindringend, daß es unzart gewesen wäre, sich noch gegen irgend etwas zu weigern; ich schämte mich, daß ich es schon getan habe, und nahm die Sachen mit Freude und mit der Äußerung des Dankes an.

»Jetzt aber, Kinder«, sagte die Mutter, »müssen wir den Tisch abräumen und diese Sachen wegschaffen. Alfred hat sich zu Mittag eingeladen, die Zeit rückt heran, und der Tisch muß zu andern Zwecken benützt werden. Ich dächte, jedes sollte sich seine Sachen auf seine Zimmer bringen lassen, daß hier Raum werde.«

So taten wir auch. Die Mädchen riefen Leute herbei, die ihnen halfen; ich nahm meine Dinge zusammen, rollte den Teppich in eine Rolle und trug alles in meine Zimmer.

Das Mittagsessen ließ nicht lange auf sich warten. Es war recht lieb und freundlich, daß heute ein Gast da war, und man sah es auch, daß man seinetwegen ein mehreres getan habe. 604

Nach dem Essen wollten alle in den Garten; aber Alfred verlangte, daß man noch eher die Sachen auspacken solle, welche in Kisten unten in der Vorhalle stünden. Wir begaben uns daher alle hinab. Rikar beorderte einen Mann mit Hammer und Meißel, der die Kistendeckel aufbrechen sollte. Als dies geschehen war und die Kisten offen standen, machte sich Alfred daran, die Gegenstände heraus zu nehmen. Es waren Lauter Bedürfnisse der Landwirtschaft, namentlich der Gärtnerei. Samen, Knollen, Wurzeln, Ableger, die in dieser Gegend noch nicht bekannt waren oder großen Wert besaßen; dann Geräte, Werkzeuge und Modelle, die im größeren ausgeführt werden sollten. Ich mußte von manchen Dingen, welche mehrzählig vorhanden waren, nehmen, um sie in meiner Besitzung anzupflanzen, und von manchen Geräten nahm ich mir vor, Zeichnungen zu machen, weil ich sie als vorzüglich anwendbar erkannte. Als Alfred fertig war und man die Dinge in Körben fortgetragen hatte, war erst Zeit, in den Garten zu gehen.

Hier hatte ich nun Gelegenheit, ihn noch mehr zu beobachten, und noch mehr mit ihm zufrieden zu sein. Er ging gleich mit vieler Teilnahme zu allen Dingen, er fragte um alles, er ließ sich alles zeigen, und nahm Anteil, als ob es sein Eigentum wäre, oder als ob er es selber gepflanzt hätte. Fast der ganze Nachmittag ging so in dem Garten dahin.

Gegen Abend nahmen wir das Vesperbrot in den Zimmern der Mutter ein, und als die Sonne sich dem Rande der Felsen zuwendete, war es für Alfred Zeit, an den Aufbruch zu denken. Der erste Besuch nach seiner Reise war vorüber. Er lud uns alle ein, recht bald zu ihm auf seine Besitzung hinab zu kommen und einen ganzen Tag dort zuzubringen. Insbesondere lud er mich ein, einmal allein zu kommen, daß er mir alles bis zum Kleinsten zeigen könne, was die andern ohnedem schon genau kannten. Zu diesem Behufe bat man mich, meine Abreise 605 nun noch ein wenig aufzuschieben, und ich willigte ein.

Nach einer halben Stunde setzte sich Alfred zu Pferd, um wieder nach Hause zu reiten. Ich ging in den Hof zurück, um ihn zu sehen. Er saß auf einem braunen, nicht gar großen, aber sehr zierlichen Pferde. Die Männer mit den Maultieren, welche die Kisten und den Mantelsack gebracht hatten, waren gleich wieder umgekehrt. Alfred mußte also jetzt allein hinab reiten. Es standen alle bei ihm und nahmen Abschied. Als er recht höflich Gegrüßt hatte, ritt er bei dem hintern Tore hinaus und schlug den schmalen Saumpfad nach Sankt Gustav hinab ein.

Als die Dämmerung gekommen war, und ehe es zum Abendessen wurde, ging ich in mein Zimmer. Die Riemen meines Ränzleins hingen noch von dem Tische herunter. Ich packte also aus, was ich gegen Mittag so sorgsam eingepackt hatte.

Es war, als sollte ich aus diesem Hause nicht fortkommen.

Die Dinge, die man mir geschenkt hatte, legte ich in eine Ordnung, freute mich darüber und nahm mir vor, sie, sobald ich nach Riva käme, auf den Weg nach Treulust zu geben.

Nach wenigen Tagen verabredeten wir den Tag, an welchem wir zu Alfred hinunter wollten, und ließen es ihm wissen.

Als der Tag gekommen war und Maria noch am Morgen ihre Anordnungen getroffen hatte, was während ihrer Abwesenheit geschehen sollte, ritten wir auf Maultieren längs des Saumpfades hinunter. Als wir tief genug gekommen waren, sah ich in einer jener grünen Furchen, die ich am ersten Tage meiner Anwesenheit von den Felsen aus als durch die kahlen Berge laufend gesehen hatte, und die in der Nähe breite, üppige Täler waren, Alfreds Haus. Eine Reihe wohnlicher Fenster 606 glänzte uns aus dem Gebüsche, das das Haus reichlich umgab, an. Als wir näher gekommen waren, sah ich die große Ausdehnung und die reinliche Haltung des Ganzen. Alfred empfing uns in dem Sandhofe des Hauses, der Blumenbeete und einen Springbrunnen hatte. Er half uns mit einem Diener von den Maultieren, überließ letztere dem Knechte und führte uns über eine Treppe in das Gesellschaftszimmer hinauf. Dieses war groß und geräumig, sah mit vielen Fenstern auf das Grüne und auf die schwankenden Baumzweige hinaus, und hatte mehrere erlesene Bilder aus der italienischen Schule. Als er uns hier einige Erfrischungen, worunter namentlich Milch und mehrere Früchte waren, die eigentlich der Jahreszeit nach im Freien noch nicht reif sein konnten, vorgesetzt, und als wir manches davon gekostet hatten, gingen wir in den Garten hinunter. Maria führte mich hier zu mehreren wahrhaft ausgezeichneten Anstalten, und sagte im Triumphe: »Da sehen Sie erst, da sehen Sie erst!«

Wir gingen zu einigen Glashäusern, in denen die schönsten einheimischen Früchte reiften, und die das Edelste und Wesentlichste der fremden enthielten. Dann besahen wir die Einrichtungen, die der Garten überhaupt hatte, teils zum Bewässern der Pflanzen, teils zu ihrer Nahrung, Zucht, Pflege und Vervollkommnung. Alles war in der Tat auserlesen und vortrefflich und hatte viele Ähnlichkeit mit den Anstalten Marias. Von dem Garten gingen wir nach und nach auf einem gewundenen Wege, der durch viele Gebüsche führte, empor, und kamen endlich auf eine freie, kahle Spitze, die einen großen Umblick gewährte. Wir sahen von hier aus die Felder Alfreds, die sich um einen Hügel herum in einer kleinen Ebene dahin legten. Das ruhige, einfache, edle und liebliche Wogen des Getreides, das ich jetzt so lange nicht gesehen hatte, legte sich schmeichelnd und befriedigend an das Herz. Wir standen lange und sahen die verschiedenen Grün an das blauliche leichte und sanfte Mischen des Silbers, das dunklere grüne und tiefe Heraufblicken der Wogen, das hellere grünere Wellenschlagen der kleineren Saaten, und das leichte Hinzittern der Spitzen; denn es ging ein sanftes Windchen unter der blauen und heiteren Kuppel des Himmels. 607

Es ist doch, dachte ich, eine wunderbare Anmut, wie der Mensch in der Gesellschaft mit seinen Pflanzen lebt, die seinen Geist zum Himmel leiten und seinem Leibe die einfachste, edelste und keuscheste Nahrung gewähren. Brot, das einfachste aller Dinge, das weltverbreitetste, ist das Symbol und das Zeichen aller Nahrung der Menschen geworden.

Von der Spitze gingen wir auf einem anderen Wege und von einer anderen Seite wieder dem Hause zu. Die Aufbewahrungsorte und andern Anstalten, die wir an seinem Äußeren trafen, hatten wieder viele Ähnlichkeit mit denen Marias. Als wir in die Zimmer gekommen waren, führte uns Alfred auch in ihnen herum. Die Mädchen bemerkten gleich die Veränderungen, die seit ihrem letzten Besuche statt gefunden hatten, und sprachen sich billigend oder mißbilligend darüber aus. Die Zimmer waren einfach, lieb und freundlich und sprachen einen freien, heiteren Geist des Bewohners aus. Das Gesellschaftszimmer, in dem jetzt die Erfrischungen weggeräumt waren, empfing uns mit Ernst und Würde. Es enthielt nichts von all den Spielereien, mit denen man gewöhnlich unsere Besuchzimmer überladen findet, dafür stieß das Bücherzimmer an dasselbe, und an den Kästen steckten überall die Schlüssel, daß man

sich nach Belieben Bücher heraus nehmen konnte. Aber dessen ungeachtet fehlte es nicht an Spielereien und Launen des Bewohners. In einem Zimmer war eine Sammlung aller Ähren der ganzen Welt, ich erstaunte, daß es eine so ungeheure Menge derselben geben könne, und
608 in einem Buche, das auf dem Tische lag, waren lauter lose Blätter, auf denen alle Blumen, die in den Getreiden wachsen, in Wasserfarben sehr schön abgebildet waren. Alfred hatte sie sich von einem wandernden armen Künstler, der sehr geschickt war, und den er eine Zeit beschäftigte, verfertigen lassen.

»Es ist merkwürdig, wie wichtig eigentlich diese Dinge sind«, sagte Alfred. »Diese getrockneten Ähren in ihren Glaskästen, die nur einfache Gräsersamen sind, und diese Blümlein auf ihren Stängeln, die zu den bescheidensten gehören und oft keine Schönheit ansprechen, sind das auserlesenste und unbezwinglichste Heer der Welt, die sie unvermerkbar und unbestreitbar erobern. Sie werden einmal den bunten Schmelz und die Kräutermischung der Hügel verdrängen und in ihrer großen Einfachheit weit dahin stehen. Ich weiß nicht, wie es dann sein wird. Aber das weiß ich, daß es eine Veränderung der Erde und des menschlichen Geschlechtes ist, wenn zuerst die Zedern vom Libanon, aus denen man Tempel baute, dann die Ahorne Griechenlands, die die klingenden Bogen gaben, dann die Wälder und Eichen Italiens und Europas verschwanden, und endlich der unermeßliche Schmuck und Wuchs, der jetzt noch an dem Amazonenstrome steht, folgen und verschwinden wird. Es gibt unendliche Wandlungen auf der Welt, alle werden sie nötig sein, und alle werden sie, eine auf die andere, folgen.«

In dem an das Ährenzimmer stoßenden Saale, der eigentlich mehr ein langer Gang war, dessen blumenverzierte Fenster gegen den Garten gingen, war eine seltsame, launige Sammlung, gleichsam ein friedlicher Waffensaal der Erde. Es waren da nämlich alle Werkzeuge des Landbaues aufgestellt, nach der Art, wie sie gebraucht werden und dienen: die zum Felde, zur Wiese, zum Garten, zum Walde, zum Weinberge, zum Hause gehörigen. Welche zu groß gewesen waren, als daß man sie hätte herein
609 stellen können, die waren in einer Verkleinerung zugegen. Ich bin selber ein Landwirt, kannte sie fast alle, und war doch überrascht über die Menge und Mannigfaltigkeit derselben. Sie waren geschickt längs der Wand des Ganges aufgestellt.

Das Mittagsmahl wurde auf einem Hügelchen unter freien luftigen Kastanien eingenommen. Dann gingen wir noch eine Strecke in der

Talschlucht spazieren und sahen wunderliche Felsen, Wasserfälle, Steinlager und kühle Grotten – und als beinahe schon das Abendgold auf diesen sonderbaren Bergen glänzte, dachten wir erst auf die Rückreise.

Alfreds Leute waren sehr artig und aufmerksam gegen uns gewesen. Er selber begleitete uns auf seinem braunen Pferdchen, als wir auf unsern Maultieren den Saumpfad wieder hinan ritten, als die grauen Steine um uns waren, und als wir auf dem trockenen Grasboden lange, weit hinzielende Schatten warfen. Da er umkehrte, lud er mich ein, nächstens allein zu ihm hinab zu kommen, damit er mir alles im einzelnen und nach landwirtschaftlichen Grundsätzen, die mir lieb sein würden, erkläre. Ich nahm die Einladung an.

Er ritt mit seinem Pferdchen, das sehr geschickt in den Steinen kletterte, hinunter, und wir strebten immer mehr auf die steinige und auf die einsame Anhöhe empor. Als es Abend und immer finsterer wurde, und ich deshalb eine Besorgnis äußerte, beschwichtigte mich Maria, indem sie sagte, daß, wenn es sogar ganz finster wäre und man keine Handbreite vor den Augen sähe, wir nur getrost die Zügel auf den Hals der Maultiere legen dürften; diese Tiere würden nicht stolpern und würden uns sicher auf das Haidehaus bringen.

So geschah es auch; wir langten in dichter Finsternis auf demselben an.

Schon nach ein paar Tagen ging ich allein zu Alfred hinunter. 610

Er empfing mich sehr freundlich, und wir verbrachten den Tag, indem er mir alles, was er hatte, zeigte, und wir es nach den Grundsätzen, die wir jeder aus Büchern und aus Erfahrungen gesammelt hatten, durchgingen. Wir näherten uns einander sehr, ich fand seine Sachen vortrefflich, und wir tauschten manche Bemerkungen aus. Die Nackt brachte ich ebenfalls bei ihm zu, wie ich es schon meinen Gastfreunden vorausgesagt hatte, und eben so einen Teil des folgenden Tages.

Er erzählte mir mehrere Dinge und auch manches aus seinem Leben.

Er hatte als Kind in einer sehr drückenden Lage gelebt. Sein Vater, der ihn und die Mutter durch ein kleines Geschäft ernährte, starb frühzeitig und hinterließ nur ein sehr mäßiges Vermögen, das allerlei Gläubiger, Kuratoren und Vormünder teils in Anspruch nahmen, teils verschleppten. Die Mutter muß eine außerordentliche Frau gewesen sein. Sie prägte dem Knaben früh ein, daß man sich nicht auf andere Leute verlassen dürfe, daß diese meistens hart und jedes Gefühl verletzend seien, wenn sie helfen – deshalb lebten sie und der Knabe in der äußersten Versagung und Strenge, und deshalb führte er es auch so fort, als sie gestorben war und er in den Studien lebte. Er erwarb sich das Wenige, was er brauchte, selbst, und kam nie zu einem andern um Hilfe. Der vorige Besitzer des Anwesens, welches nun Alfreds Eigentum war, war ihm nur verschwägert gewesen, hatte sich nie um ihn bekümmert, hatte das Anwesen vernachlässigt, und hatte es ihm nur als Erbe hinterlassen, weil er doch der einzige Anverwandte gewesen war. Alfred hatte genugsam erfahren, wie sehr man der Sklave anderer sei, wenn man nicht genug Mittel habe, selbstständig zu sein, und wie sehr man doch abhänge, wenn man sich auch noch so eifrig bestrebe. Darum fing er mit der glühenden Freiheitsliebe, die ihm eigen war, an, seine herab- 611 gekommene Besitzung zu verbessern. Er las aus Büchern, er fragte um Rat, er sah gute Wirtschaften an, er machte selber Pläne und Entwürfe, und da er für sich wenig brauchte, wandte er alles Erworbene wieder der Sache selber zu. So brachte er nach und nach sein ererbtes Anwesen in immer blühenderen Zustand. Er wurde bekannt, man suchte ihn, knüpfte Verbindungen mit ihm an, und durch glückliche Unternehmungen brachte er nicht bloß Wohlstand, sondern, man konnte sagen, Reichtum in sein Gehöft.

Als ich ihn einmal während des Tages fragte, ob es ihn denn nicht sehr freue, wenn er sein blankes Haus zwischen den holden Gebüschen betrachte und durch das Gedeihen und Emporblühen aller der Dinge um ihn dahin gehe, antwortete er: »Es ist sonderbar, wie die Abstufung der Dinge, unter denen wir leben, auf den Menschen wirkt. Wie fremd sind uns die Minerale, wie hart, seltsam, abenteuerlich sind uns ihre Farben – das giftige Grün, das Blau, das Braun, das Grau, das heftige Gelb, zum Beispiele am Schwefel – wie unbekannt ist uns ihr Entstehen in dem dunkeln Schoße der Erde, wo sie in einander verwachsen und wunderlich gebildet ruhen und lauschen. Wie näher sind uns schon die Pflanzen, sie sind unsere Gesellschaft über der Erde, der sie wohl noch mit der Wurzel angehören, von der sie aber doch mit ihrem edleren Teile, mit der Krone und mit der Blüte, wegstreben; ihre Nahrung und ihr Wachsen ist wie das unsrige, sie nehmen die irdischen Stoffe in ihre feinen Organe und verwandeln sie in ihr Wesen, und wenn wir gleichwohl nicht begreifen, wie das geschieht, so ist es für unsere Liebe schon genug, daß sie uns hierin verwandt sind; und wie hold sprechen uns ihre Farben gegen die der Minerale an, selbst ihre heftigsten Rot und

Gelb und Blau; und wie sanft ist das allgemeine Kleid, das sie antun, das Grün. So zugeartet ist uns dasselbe, daß wir dort, wo wir Abweichendes erblicken, wie an jenen rostbraunen oder blutig roten Blättern mancher fremden Bäume, eine Art Schauer empfinden. Noch näher sind uns die Tiere, wenigstens die außer der Erde lebenden und vollkommneren. Nur mehr ein kleiner Teil, und die am tiefsten stehenden, lebt in der Erde, die andern sind mit uns in der Luft und der Sonne. Sie sind die Spiegelbilder von uns, die abgeblaßten. Sie zeigen uns unsere Affekte, unsere Leiden, unsere Freuden, die Hingabe an innere Triebe, die verstümmelte Natursprache und ein dumpfes Dämmern von Vernunft und höherer Ahnung. Daher lieben wir sie schon zuweilen, weil sie uns wie die Knospe von uns selbst erscheinen, weil sie uns in ihrer Hilflosigkeit wie zurückgesetzte Menschen vorkommen, die nur nicht genug an Geist und Kraft erhalten haben, um sich empor zu schwingen und eine stättige Vervollkommnung einzuleiten. Das Nächste aber ist für den Menschen doch immer wieder der Mensch, der ihm sein eigenes Herz, sein Ahnen und sein Hoffen entgegen trägt. Das weiß man in großen Städten nicht, wo sich das Geschlecht an einander drängt und seine Widrigkeiten zeigt. Freilich ist die Natur im Ganzen, wozu indes der Mensch auch als Glied gehört, das Höchste. Sie ist das Kleid Gottes, den wir anders als in ihr nicht zu sehen vermögen, sie ist die Sprache, wodurch er einzig zu uns spricht, sie ist der Ausdruck der Majestät und der Ordnung; aber sie geht in ihren großen eigenen Gesetzen fort, die uns in tiefen Fernen liegen, sie nimmt keine Rücksicht, sie steigt nicht zu uns herab, um unsere Schwächen zu teilen, und wir können nur stehen und bewundern.« –

Auch von Rikar erzählte mir Alfred einiges. Er achtet ihn sehr hoch, weil er, wie er sagt, in seiner Einfachheit so tief ist. Er hat Außer den zwei Mädchen auch einen Sohn gehabt, von dem er aber nie eine Erwähnung getan hatte. Als der Jüngling sein zwanzigstes Jahr begann, wurde er ihm durch eine schwere Krankheit, die ihn in der Fremde befiel, und in der ihn Rikar, der zu ihm geeilt war, pflegte, entrissen. Er mußte einen großen Schmerz empfunden haben, er sagte nichts davon, aber er trug das schwarze Kleid seit jenem Tage, und trägt es heute noch.

Als wir unser Mittagmahl unter den Kastanien verzehrt hatten, begleitete mich Alfred auf einem großen Umwege durch das Gebirg, welchen Umweg er mich geführt hatte, damit ich auch diese Teile der Gebirge kennen lernte. Als die Sonne sich schon gegen Untergang neigte, als wir auf dem Kamme der Gebirge standen, zeigte er mir die Richtung, nach welcher ich in Rikars Haus gelangen würde, und wir trennten uns. Er ging talwärts, ich aber wandelte auf der Schneide so mancher Gesteine dahin, bis ich spät in der Besitzung meines Gastfreundes ankam.

In den nächsten Tagen, die ich noch in dem Hause zubrachte, glaubte ich eine sonderbare Bemerkung zu machen. Camilla trug eine Neigung zu Alfred im Herzen. Die Zeichen waren leise, ihr selber vielleicht unbewußt, aber ich glaubte sie doch deutlich zu erkennen.

Wenn er da war, sprach sie viel weniger als sonst. Sie saß da und horchte aufmerksam zu, wenn er erzählte. Wenn wir spazieren gingen, wandelte sie sanft gesenkten Hauptes meistens vor ihm und achtete der Worte, die von seinen Lippen kamen. Wenn er abwesend war, sprach sie am liebsten von den Ländern, in denen er gewesen, und von denen er eben zurückgekehrt war. Ich habe sie allein in dem Garten lustwandeln gesehen, ihre Wangen waren zart gefärbt, in den Mienen war etwas Gehobenes, und die schönen Augen, in welchen ohnedem eine solche Schwermut lag, waren gegen die Ferne gerichtet, so daß es aussah, als befände sich dort etwas, oder als suchte sie dort etwas. Oder sie stand auch zuweilen an dem Springbrunnen, dessen Strahl Maria so gerne im Gange erhielt, und woran sie sich ergötzte, und sah auf das Silber der emporsteigenden Säule, und sah viel länger darauf hin, als es die bloße Betrachtung dieses Dinges erforderte. Sie spielte vor dem Schlafengehen oder am Morgen nach dem Aufstehen wieder gerne auf ihrer Violine.

Die Töne waren sanft und sehnsuchtsvoll, als fragten sie oder suchten sie nach irgendeinem Dinge, sie waren nicht entzücken- und jubelerfüllt, aber sie waren auch nicht so traurig wie in der ersten Nacht, als sprächen sie von einem schmerzlichen Glücke, das zerflatternd und vergehend nirgends zu ergreifen sei.

In dem gewöhnlichen Verkehre mit uns und andern Menschen war sie nicht anders, als sie bisher immer gewesen war, nämlich gütig und einfach gegen jedermann, und bestrebt, jedem eine Freude zu machen. Wenn sie mit Alfred sprach, so waren ihre Worte nicht bedeutender, als wenn sie mit andern sprach, nur waren sie immer kurz und der Sache angemessen.

Ihr Antlitz trug das Durchscheinen eines Erhabenen oder eines, das mit dem Gewöhnlichen, das die Zeit und das Leben bringt, nichts zu tun hat.

Diese Merkmale hatte ich nach und nach beobachtet, ohne daß ich eben darauf ausging.

So wandelte sie unter uns dahin, und ließ den Tag kommen, wie er kam, und ließ den Tag gehen, wie er ging.

So standen die Sachen, als die Zeit, die ich noch zugegeben hatte, ohne dem Ganzen meiner Reise gar zu viel abzubrechen, beinahe verstrichen war. Da geschah es eines Tages, daß Alfred nicht in seinen gewöhnlichen Kleidern, sondern in einem schwarzen Anzuge zu Rikar herauf kam. Ich hatte ihn durch den Garten herein gehen gesehen. Er war anfangs eine Weile bei dem Vater gewesen, dann ging er über den Gang zu der Mutter. Als ich von meinen Zimmern in das Freie hinab ging, hieß es, er habe um Maria geworben. 615

Ich stand da und fragte den Gärtner, aber der wußte nicht, von wem er es gehört habe, jedoch gewiß sei es ganz und gar. Ich fragte noch andere, die sagten, es sei schon gewiß, wenn man auch nicht wisse, woher; es sei schon gewiß, und könne nicht anders sein.

In diesem Augenblicke, da ich mir nicht getraute, in das Haus hinein zu gehen, um niemanden ungelegen zu sein, kam die Mutter in geschäftigem Eifer heraus, und da sie mich erblickte, ging sie auf mich zu und sagte: »Er hat um Maria geworben. Wir wissen nicht, wo Maria ist, vermutlich ist sie in dem äußeren Garten mit irgend etwas Angelegentlichem beschäftigt.«

Nach diesen Worten verließ sie mich und ging in die Tiefe des Gartens zurück.

Ich wußte eigentlich nicht, wie mir bei dieser Nachricht geschah, aber daß ich jetzt niemanden begegnen müsse, daß ich nicht in das Haus gehen müsse, und daß ich mit keinem Mitgliede der Familie reden müsse, das schien mir deutlich zu sein. Ich ging daher in einen abgelegenen Teil des Gartens, den wir gewöhnlich nicht viel besuchten, und ich ging noch dazu auf Wegen, die weniger betreten waren als die andern, weil sie zwischen dichten Pfirsichgeländern lagen und selbst in trockenen Zeiten ein wenig feucht waren, allein wie ich so zwischen den Pfirsichgeländern wandelte, sah ich außerhalb derselben dicht neben mir meinen Freund Rikar bei mir vorbei und in ein hölzernes Häuschen hinein gehen, das in dieser Gegend stand, um Früchte, Sämereien, Gemüse und andere Dinge, die man nicht gleich in das Haus bringen wollte, gelegentlich aufzubewahren. Als er in die Tür des Häuschens trat, drückte er seine Hände in einander und sagte: »Ich habe es ja gewußt, ach, ich habe es ja gewußt!«

Ich brach bei einer Lücke, die sich mir darbot, aus dem Pfirsichgeländer hinaus, weil es mich sonst unmittelbar zu dem Häuschen geführt hätte, in dem Rikar war, und wollte, quer durch die Gemüse und Blumen gehend, zu der Steinmauer gelangen, um ein Stück auf dem Rasen hinauszugehen. Als ich unter den Blumen und etwas freier war, sah ich in der Ferne des Gartens die Mutter und Maria dem Hause zugehen. Die Mutter hatte Maria an der Hand, und so gingen sie gegen das Haus. Ich erreichte die lose Steinmauer, und weil an dieser Stelle kein Pförtlein war, so kletterte ich über dieselbe hinüber, gelangte in die offeneren Gründe, und ging von ihnen in die völlig leere Haide hinaus.

Ich ging an dem Gesteine dahin, und als eine geraume Zeit verflossen war, wendete ich mich wieder gegen das Haus.

Da ich dort anlangte, war alles entschieden: sie hat ihn ausgeschlagen. Rikar, der mir auf dem Gange begegnete, sagte es mir selber. Die Mutter hat sie in dem Garten gesucht, hat sie in das Arbeitszimmer geführt und dort mit ihr geredet. Nach kurzem sind sie wieder heraus gekommen, Maria hatte sich entschlossen und alles abgelehnt.

Ich ging auf meine Zimmer, und dachte Über die Begebenheit nach.

In einer Weile kam Alfred herauf. Er war sehr freundlich, er war sehr ruhig, aber auch sehr ernst. Er sagte, nachdem er sich zu mir gesetzt hatte: »Sie werden wohl schon alles wissen. Ich habe zuerst um die Einwilligung der Eltern nachgesucht, und hätte dann das Mädchen um ihr Jawort gebeten. Bei dieser Familie wäre es unwürdig gewesen, hinter dem Rücken zu werben. Ich war anfangs der Meinung, man solle es Maria nicht gleich sagen, sondern sie darauf vorbereiten; aber die Mutter machte dagegen gelten, daß man keine Zeit vor ihr ein Geheimnis haben könne, da von ihr allein die Entscheidung abhänge und die Sache ihr Eigentum sei. Das sah ich ein und willigte in alsogleiche Kundgebung. Die Würfel sind gegen meine Wünsche gefallen. Aber wie es auch sei, ich werde diese Familie immer lieben und ehren. Es ist alles in größter Freundschaft und Ordnung vorgefallen, und das Haus, das mir so lieb und teuer geworden ist, wird auch in Zukunft meine Freude und meine Erholung sein.«

Nach diesen Worten redete er von meiner Reise, fragte, wohin sie jetzt unmittelbar gerichtet sei, was ich dann vorhabe, wie lange sie dauern werde, und ob ich dann zu Hause zu bleiben gesonnen sei. Er bat mich auch, ihn vor meiner Abreise noch einmal zu besuchen, und ihm vielleicht auch von irgend woher einen Brief zu senden. Ich versprach beides.

Alfred blieb bei dem Mittagsessen. Die Gespräche waren herzlich und gut, ja es schien mir, als sei man noch zarter und gemütsreicher als sonst.

Eine Zeit nach dem Essen nahm Alfred Abschied. Er war zu Fuße herauf gekommen, und wollte auch zu Fuße wieder hinab gehen. Als man sich unter dem großen Tore trennte, sagte er: »Wenn ich wieder komme, werde ich die Aurikelsamen und einen Teil der neuen Zwiebel mitbringen.«

Als ich am Nachmittage durch das Kastanienwäldchen ging und gegen ein Gebüsch bog, das ziemlich dicht war, sah ich Maria vor demselben stehen und in die Zweige hinein schauen. Sie hatte die Hände in einander geschlagen und hielt sie gesenkt vor sich hin. Das Gebüsch bestand aus wilden Rosen und Flieder, es war ziemlich weit von dem Hause entfernt, hatte für den Gartengebrauch keinen Wert, und war von uns sonst nicht beachtet und besucht worden.

Als ich sie so stehen sah, ging ich näher. Da sie meine Tritte vernahm, löste sie die Hände auseinander und ließ sie so zufällig und lose von ihrem Körper hängen. Ich aber ging völlig hinzu, sah ihr in das Angesicht und blieb ein Weilchen stehen. Dann faßte ich eine ihrer Hände, hob sie empor und sagte: »Maria, ich kenne Sie, ich kenne Sie sehr genau!« 618

Sie drückte mir die Hand, mit der ich die ihre hielt, und sagte: »Sie sind ein edler, Sie sind ein guter und vortrefflicher Mensch.«

Mehr konnte sie nicht sagen Aus ihren ehrlichen Augen brach ein Strom von Tränen, und ihre kräftigen Lippen zuckten vor Schmerz. Sie nahm das Taschentuch, das sie in ihren Kleidern verborgen gehalten hatte, hervor, drückte dasselbe an die Augen und weinte heftig und lange. Ich blieb schweigend bei ihr stehen und hielt nur ihre Hand, die sie mir gerne ließ.

Endlich ermannte sie sich doch. Sie drückte mit dem Tuche mehrere Male gegen die Augen, um sie zu trocknen, und sagte: »Er weiß gewiß alles, o gewiß – gewiß – er weiß alles. Sie hätte den Schmerz nicht ertragen können, ich aber werde ihn ertragen. Sie ist so gut, so gut und unschuldig, daß sie das höchste Glück auf Erden verdient. Ihr Gemüt ist so zart geartet, daß sie alle Eindrücke aufnimmt und fest hält. Sie würde den Schmerz im Herzen halten, bis es bräche. Sie hat ohnedem dieses Herz durch das Spiel ihrer Geige, das so schön ist, und das uns so erfreut, noch mehr gelockert, daß alles Übel viel, viel tiefer eingreift.«

Nach diesen Worten fuhr sie sich noch einmal mit dem Tuche über die Augen, um alles völlig abzutrocknen. Ich gab ihr den Arm und führte sie in dem Garten herum. Sie sammelte sich nach und nach gänzlich. Wir sprachen ernsthaft und freundlich mit einander, gingen noch lange herum, bis wir uns trennten.

Ich ging hierauf in meine Zimmer, legte die Stirne an das Glas eines Fensters, und es traten mir die Tränen des Mitleides in die Augen.

Ich nahm nach einer Weile das Buch, das ich mir in Tirol zusammen geheftet hatte, um Wirtschaftsgegenstände einzuschreiben, und schrieb diese Begebenheit hinein.

619 Ich schrieb bis tief gegen den Abend.

Am Abende kamen wir wieder alle, wie gewöhnlich, zusammen, und es waren Gespräche von fernen, auf die gegenwärtige Lage keinen Bezug habenden Dingen.

Obwohl nun meine Zeit, die ich noch zugegeben hatte, vorüber war, so wollte ich doch in diesem Augenblicke nicht fort reisen, weil es geschienen hätte, als nähme ich jetzt die Flucht, wo in die Familie etwas Drückendes eingetreten sei. Ich blieb noch da. Ich ging ein paar Male zu Alfred hinunter, er ist auch einige Male zu uns herauf gekommen.

Als sich nach und nach die Spannung und das Gefühl, das in Folge des letzten Ereignisses doch in der Familie entstanden war, gemildert hatte, und wieder der liebe freundliche Umgang war, der vorher statt gehabt hatte, erklärte ich, daß ich jetzt reisen müsse, und daß ich keinen Aufschub mehr machen könne. Man versuchte auch keinen zu erzielen, und es wurde der Tag festgesetzt.

Ich ging noch zu Alfred hinunter, um Abschied zu nehmen.

Ich packte nach und nach meine Sachen zusammen. Ich war jetzt viel reicher, als da ich herauf gekommen war. Man wollte mich überreden, den Weg über Sankt Gustav zu nehmen, aber ich sagte, daß mir der, auf welchem ich gekommen sei, so lieb geworden, daß ich ihn auch auf der Rückreise einschlagen wolle. Nur das wurde jetzt notwendig, daß man mir ein Saumtier geben mußte, was mit den andern, wenn sie die Gartenwaren fort trügen, fort ginge und meine Sachen an den See brächte, von wo sie nach Riva kommen könnten – ferner, daß man mir an dem See ein Schiffchen bestellte, das mich nach meinem Gasthofe überführte. Beides wurde in das Werk gesetzt.

Als der Tag der Abreise gekommen war, wollten sie mich eine Strecke begleiten. Ich verbat es mir aber und gestand nur zu, daß sie mit mir bis an die Grenze des Gartens gehen dürften. Ein längeres Begleiten sei doch nur ein längerer und schmerzlicherer Abschied. 620

In dem Gefunkel einer schönen Morgensonne gingen wir durch den Garten. An dem Pförtchen der losen Steinmauer angelangt, blieben wir stehen und nahmen Abschied. Die Mutter sagte mir liebe, freundschaftliche Worte, die meist dahin gingen, daß ich sie bald wieder besuchen solle, Rikar und ich drückten uns an die Brust, Maria hielt ich einen Augenblick fest an beiden Händen, und Camilla brach in heftige Tränen aus.

Man wollte doch wieder mit mir gehen, als ich mich zum Weitergehen wendete, aber ich drückte sie mit den Händen in den Garten zurück, wendete mich in tiefer Bewegung um und ging weiter.

Sie mochten in den Garten zurückgegangen sein, denn als ich nach einer Weile umsah, sah ich sie nicht mehr. Ich ging in dem Tale fort. Als ich zu dem schwarzen Felsen kam, wo ich die sanfte Camilla zum ersten Male gesehen hatte, war mir unsäglich wehe: ich hätte nicht gedacht, daß ich so schwer von diesem Hause fort gehen würde. Ich sah das tote Bäumchen, das auf dem Felsen stand, eine Weile an, und ging dann weiter. Ich wendete mich, wie es mein Weg vorschrieb, links. Als ich in der verödeten Landschaft weiter schritt, kam ich mir recht einsam und verlassen vor, ich fühlte erst jetzt recht lebendig, wie lieb und wie hold es sei, einer Familie anzugehören, dergleichen ich früher nicht gehabt hatte, und jetzt auch nicht hatte.

Ich ging in dem Felsengebiete, das ich rechts und links von mir hatte, fort und sah beinahe durch zwei Stunden den sonderbaren Bühel des Hieronymus vor mir. Endlich erreichte ich ihn, und da ich ihn erstiegen hatte, hatte ich wieder den blauen Blick des Sees unter mir. Ich stieg die Stufen hinunter, gelangte zu dem weißen Häuschen, sprach vor, und blieb eine Weile bei dem alten Manne, dem ich von Rikar erzählte. 621 Endlich stieg ich die Schlucht gar hinab, kam zu dem Höllwässerlein, das wo möglich noch kleiner und dünner war, und kam zu dem Gerölle, das in den See hinein ragte, und an dem auch das Schifflein lag, das auf mich wartete.

Ich stieg ein, und wir fuhren in die blaue, säuselnde Flut hinaus. Bald sah ich das gewaltige Gerölle nur mehr als ein kleines weißes Dreieck hinter mir, das an die dunkle Flache des Sees grenzte, und bald waren auch die ganzen Ufer hinter mir in eine einzige gestreckte, gerade Linie versunken, während die weißen Punkte von Riva vor mir auftauchten.

4. Reiseziele

In Riva kannten jetzt sehr viele die Pflanzenanlage meines Freundes, wenn ich von dem Berge Sankt Gustav sprach.

Ich hielt mich aber nicht mehr lange in Riva auf. Nur die Zeit verbrachte ich dort, die ich brauchte, um meine Sachen, welche ich in Rikars Hause zum Geschenke erhalten hatte, sehr gut zu packen und auf den Weg nach Treulust zu geben. Dann dachte ich auf die Weiterreise. Ich packte meine Reisestücke aus den Laden des Wirtes in den Koffer und bestellte auf den nächsten Morgen einen Platz auf einem Schiffe, welches südwärts ging.

Als dieser Morgen angebrochen war und ich mit einem Manne, der mein Gepäcke trug, gegen den See ging, kamen wir an einer Planke vorbei, über welche Weinlaub herüber ragte. Plötzlich hörte ich eine Stimme, die mir bekannt schien, rufen: »Signore, Signore!«

Ich wandte mich gegen die Stelle, woher die Stimme kam, und sah Gerardos Lockenhaupt über die Bretter herüber schauen, zugleich sah ich ein nettes Häuschen in dem Garten stehen, das ganz mit Weinlaub umfaßt war und große Fenster hatte. Bei einem dieser Fenster sah ein schönes Mädchen mit offenen, feurigen Augen heraus.

622

»Ich bin da«, rief Gerardo, »und das ist unser Garten und unser Haus, und das ist meine Schwester.« – »So? das ist ja recht schön«, antwortete ich. »Signore, Eure Flaschen sind noch da«, sagte er wieder. »Sind die Flaschen noch voll?« fragte ich.

»Ei freilich«, antwortete er, »ich habe sie im Keller aufbewahrt.«

»So trinke sie in meinem Namen aus«, sagte ich, »und die leeren Flaschen wirf in den See. Deiner Schwester aber gib dieses kleine Goldstück, daß sie es sich aufhebe und sich meiner erinnere, wie ich mich deiner erinnern werde, weil du ein so guter, fröhlicher Bursche bist.«

»Ich danke, Signore«, rief er, »ich danke. Seid Ihr noch immer in Riva? ich habe Euch gesucht und nicht gefunden. Machen wir bald wieder eine Fahrt?«

»Siehst du nicht«, sagte ich, »daß dieser Mann meine Reisesachen trägt? Wir gehen zu dem See, wo ein Schiff ist, das mich auf immer von Riva fort bringen wird.«

»Auf immer?!« rief er, »nun so lebt recht wohl, Signore, lebt wohl und nehmt unsern Dank mit.«

»Lebt wohl und nehmt unsern Dank«, tönte jetzt eine helle, schmelzende, silberklare Stimme. Es war die Schwester gewesen, die aus dem Fenster gerufen hatte.

»Lebt auch Ihr wohl«, sagte ich, winkte freundlich gegen das Fenster, und wir gingen weiter.

Das waren die letzten Stimmen gewesen, die ich von Bekannten meines Aufenthaltes in dieser Gegend gehört hatte. Im nächsten Augenblicke sah ich den Bord und die Stangen unseres Schiffes.

Mir kam das Zusammenleben dieses Geschwisterpaares fast lieblich vor. Ich hatte nicht gefragt, ob auch noch eine Mutter, ein Vater, oder beide, oder noch sonst jemand in dem Häuschen wohne. Ich konnte mir nicht anders vorstellen, als daß nur diese zwei da wohnen, daß das Häuschen äußerst reinlich gehalten werde, daß sie mit ihrer silberklaren Stimme öfters singe, daß er sie gutmütig behandle, und daß sie sehr glücklich zusammen seien. 623

Ich bestieg mein Schiff, auf welchem ich lauter fremde Menschen antraf. Einen Stich gab es mir in das Herz, als ich unter den Waren, die auf dem Schiffe lagen, auch zwei Ballen liegen sah, die Marias Zeichen trugen.

Ich gab dem Manne, der mein Gepäcke getragen hatte, seinen Lohn, und er ging fort.

In kurzer Zeit machte das Schiff, welches nur ein gewöhnliches Transportschiff war, sich von dem Ufer los, die Ruder fielen in das Wasser, klatschten in ihrem gewöhnlichen Takte fort, die weiße Häuserlinie von Riva und die Berge hinter ihr wichen allgemach zurück, immer mehr legte sich die dunkle Flut zwischen uns und das Land, bis die Bergwelt, in welcher ich jetzt so lange und so glücklich gelebt hatte, nur mehr wie blaue, duftige Erhebungen hinter mir stand.

Wir kamen nach dem Süden, dessen langgestreckte, einfache, verschwimmende Linien mich aufnahmen.

Mit einem sonderbaren gedrückten und schweren Herzen saß ich in dem Wagen und fuhr in der sonnenglänzenden, freundlichen und fruchtbaren Lombardie dahin. –

Ich war von da an in einer langen Reihe von Tagen und von Wochen in Venedig gewesen und hatte seine Schätze und den gesitteten, achtungswerten Menschenschlag kennen gelernt – ich war von da durch Toscana gefahren, das man den Garten Italiens nennt – ich hatte mich in die Campagna gewendet, die so luft-, duft- und lichtdurchwoben ist – ich war dann in Rom gewesen, das zwei große Vergangenheiten hat, eine geschichtliche und eine künstlerische – ich war nach Neapel gekommen und hatte gesehen, wie das blaue Meer, in dem die weißen Segel leuchteten, von dem langen Kranze der Stadt umschlungen ist, und wie wieder die Stadt in weitem Kreise von den grünen Höhen umfangen wird, in denen die Landhäuser wie andere Segel in einem zweiten Meere glänzen – ich war endlich einige Wochen in Neapel, das sie ein Stück Himmel nennen, geblieben; aber ich konnte nicht recht froh werden. Wenn ich in dem Wagen fuhr, wenn ich so auf freie Anhöhen kam, wenn ich die Merkwürdigkeiten der Zeit und Kunst ansah, oder wenn ich auf einer Felseninsel in der Bai von Neapel saß, schwebten mir die sanften Wangen und die schönen Augen Marias vor. Ich habe nie ein einfacheres, natürlicheres, edleres und großmütigeres Mädchen kennen gelernt. Die braune Farbe ihrer Wangen, gegen welche sie ihre Schönheit aufgeopfert hatte, kam mir verehrungswürdig vor, ich hätte sie durchaus nicht wegwünschen mögen, weil sie ihr Preis, ihr Schmuck und ihre Würde ist. Ihr klares, gerades Herz hatte sich so schön an das meine gewendet, was sie sagte und tat, war mir so zugeartet und verwandt, daß mir jetzt, da ich unter andern Menschen herum wanderte, war, als hätte ich meine Heimat, als hätte ich Vater, Mutter und alles verlassen. Ich hatte nie gewußt, was Zuneigung und Liebe zu einem Wesen des weiblichen Geschlechtes sei, jetzt wußte ich es.

Ich ging von Neapel noch gar in die Südspitze der Halbinsel und nach Sicilien. Dort aber wendete ich um. Den Plan eines längeren Verweilens in Italien gab ich nun vollends auf und suchte so schnell als möglich Treulust zu gewinnen. Ich ging durch die Halbinsel zurück, sah noch alles an, was ich auf der Hinreise nicht gesehen hatte, und nahm es mit ernstem Gemüte auf. In Livorno schiffte ich mich nach Genua ein, ging von da nordwärts und kehrte durch die Schweiz in das Vaterland zurück.

Es war ein trüber, nebliger Tag, als ich in Treulust eintraf. Der tiefe Herbst hing über der Gegend. Auf den Feldern waren keine Früchte mehr, sondern die Halme waren eingefurcht, und die braunen, nassen Schollen liefen dahin. Nur einige Futterkräuter und das letzte Gras auf den Rainen und Wiesen gab der Gegend ein Grün. Als ich zwischen meinen Gartenanlagen hinein fuhr, kamen mir die Gewächse, die in denselben standen, und die ich selber mit Freude gepflanzt hatte, wie schlechte Dinge vor. Unter Marias Händen wären sie besser gediehen. 625

Man hatte mich noch nicht erwartet; denn ich hatte in der letzten Zeit nicht geschrieben und von meiner Rückkehr nichts gemeldet. Als ich daher mit Postpferden in den Hof hinein fuhr und sie mich beim Aussteigen erkannten, kamen alle herbei, welche eben im Gebäude waren, und begrüßten mich und bezeugten ihre Freude, daß ich da sei. Mancher hatte mir zu sagen, welche Veränderungen während meiner Abwesenheit vorgefallen seien, und was er mir zeigen müsse. Mich freute die Freude der Leute, und es rührte mich, daß ich hier eine solche Anhänglichkeit besitze.

Ich dankte allen und grüßte sie von Herzen. Dann ließ ich meine Sachen abpacken, und mehrere der Leute geleiteten mich in meine Zimmer. Dort erwartete mich etwas Liebes. Ich fand nämlich da die Dinge, welche ich in Rikars Hause geschenkt erhalten und von Riva hieher gesendet hatte. Der Altknecht hatte sie auspacken und da nieder legen lassen. Auf dem Tische lag der Teppich und ließ einen Zipfel herab hängen, zum Zeichen, daß ihn meine Leute auseinander gelegt hatten, um zu sehen, ob er schön sei. Daneben lag das Fernrohr, lag der Lichtschirm, die Bücher Marias, die Büchschen mit dem Geigenharz, die Fächer mit den Saiten und alle die landwirtschaftlichen Gegenstände und Dinge. Nur was an Knollen und Sämereien noch im Herbste in die Erde mußte, hatte der Gärtner nach meiner gesendeten Anweisung untergebracht. 626

Die Zimmer waren nicht im geeigneten Zustande.

Als ich ein wenig gesessen war und mich wieder an den Anblick meiner Wände gewöhnt hatte, befahl ich, daß man die Zimmer etwas in Ordnung bringe, namentlich daß man sie lüfte und dann heize, ich würde unterdessen ein Weilchen in dem Hause herum gehen.

Als meine Anordnung in Vollzug gesetzt und die Zimmer in Bereitschaft waren, ging ich in dieselben hinauf. Es war mittlerweile auch die Nacht herein gebrochen. Noch bei dem Scheine der Kerzen ließ ich die geschenkten Sachen ihrer Bestimmung zuführen. Ich ließ den Teppich unter den Schreibtisch breiten, stellte den Schirm vor meine Lichter, legte Camillas Geschenke zu meinen Geigensachen, stellte die Bücher in den Bücherschrank, tat das Fernrohr zu seines Gleichen und brachte die landwirtschaftlichen Gegenstände an den geeigneten Plätzen unter. Als dies geschehen war, und als ich den Abend gar mit Lesen, mit Verzehrung meines Nachtmahles und mit Unterredung mit meinen Leuten hingebracht hatte, legte ich mich auf das Bett, um das erste Mal wieder in meinem Hause zu schlafen.

Am andern Morgen ging ich an die Arbeit und Besichtigung meiner Angelegenheiten.

Als die ersten dringenden Beschäftigungen vorüber waren, und als die Vorrichtungen, die ich brauchte, fertig waren, schickte ich auch einige Geschenke nach Rikars Hause. Ich schickte ihm zwei ausgezeichnete und gut erhaltene Wouwerman, damit er nicht mehr zu sagen brauchte: ›Vielleicht kommen auch wieder Bilder in das Haus.‹ An die Mutter sendete ich einen schön gebundenen Dante und mehrere Bücher der neueren Zeit, die sie noch nicht hatte. An Camilla schickte ich meine 627 Cremoneser Geige, zu der ich ein Fach aus Ebenholz, mit violettem Sammet gefüttert, hatte machen lassen, genau, wie es bei ihren Geigen ist. An Maria sandte ich die Bücher desselben Inhaltes, wie sie mir gegeben hatte, nachdem ich sie sehr schön hatte binden lassen. Überdies schickte ich ihr Pflanzen aus meinem Garten und bat, sie möchte dieselben, wenn sie auch nicht so schön wären als die ihrigen, doch annehmen und ihnen bei sich einen Platz anweisen. Auch bat ich, daß sie jeden Herbst eine Zusammenstellung von Hyazinthenzwiebeln von mir annehme. An Alfred ließ ich ebenfalls eine Sendung kleiner Landwirtschaftsdinge nebst einem guten Chronometer abgehen.

Alle Sachen wurden von mir eigenhändig in eine Kiste gepackt und auf den Weg gegeben.

Sie kamen sehr gut an; denn nach ein paar Wochen bekam ich ein Schreiben, das die glückliche Ankunft und den außerordentlichsten Dank aussprach. Das Schreiben bestand aus fünf Briefen, deren vier aus Rikars Hause und der fünfte von Alfred waren. Jeder freute mich herzlich; denn jedes sprach in demselben seine wahrsten, freundschaftlichsten Gesinnungen aus. Ich legte die Briefe von den fünf liebsten Menschen, die ich jetzt auf der Erde hatte, zu meinen Kostbarkeiten in einen

Schrein. Kostbarkeiten sind bei mir Dinge, die mir in irgendeiner Beziehung zu einem Menschen lieb geworden sind.

Ein Winter kam und verging. Ein Sommer kam und verging. Ein neuer Winter kam und verging auch. Als der Frühling angebrochen war, wurde es mir wie den Zugvögeln. Ich tat die notwendigen Anordnungen in meiner Besitzung, sagte, daß ich eine Weile aus sein würde, setzte mich in einen Wagen und fuhr fort.

Ich fuhr auf dem geradesten Wege nach Riva.

Als ich dort angekommen war, ging ich in das Häuschen Gerardos.

»Da seid Ihr ja wieder«, rief er, als er mich ansichtig wurde. 628

»Ja«, sagte ich, »ich bin doch nicht auf immer von Riva fort gegangen, sondern ich bin wieder gekommen, und will sogar wieder in dieselben Berge gehen, in denen ich vor zwei Jahren gewesen war, und du mußt mich über den See fahren«.

»Hat es Euch dort so gefallen?« fragte er, indem er mich ansah.

Bei der Anfrage dieses natürlichen Menschen war es mir, als durchschaue er mich, und ich errötete.

»Heute müßt Ihr aber auch in unser Haus herein gehen«, sagte er.

Er führte mich in das Häuschen, in welchem ich die Schwester fand.

Wirklich war es so, wie mir ein Instinkt gesagt hatte. Die zwei Menschen wohnten allein in dem Häuschen, das Häuschen war sehr rein, und sie waren sehr glücklich. Ob sie auch singe, konnte ich nicht heraus bringen, sie leugnete es, aber ihre Stimme war so biegsam, so ausgebildet, daß ich es mir nicht anders erklären konnte, als sie müsse öfters und zwar viel singen. Beide waren noch sehr jung, sie aber viel jünger als Gerardo. Er wachte eifersüchtig über sie, wie über eine Geliebte. Sie zeigte mir den Dukaten, den sie vor zwei Jahren von mir empfangen hatte.

Als wir verabredet hatten, daß er mich morgen vor Tagesanbruch abholen solle, ging ich fort.

Da noch die Sterne an dem Himmel standen, kam er, und wir fuhren in das finstere Wasser hinaus. Ich hatte ihm gesagt, daß er mich in gerader Richtung zu dem Höllwässerlein hinüber fahren sollte; denn ich hatte meinen Willen darauf gesetzt, genau denselben Weg zu gehen, den ich vor zwei Jahren gegangen war.

Als der Morgen herauf gekommen war, als die Sonne sich über die Berge erhoben hatte und ihr Licht über die wunderschöne Öde dieser Landschaft ausgegossen hatte, kamen wir an dem Geröllstrome und an

629 dem Höllwässerlein an. Dieses Mal waren weder die Fischer noch der Ziegenknabe anwesend, sondern die Gegend war völlig menschenleer.

Ich gab Gerardo seinen Lohn, hieß ihn zurückfahren und stieg gegen die Schlucht empor. Ich sprach auch ein wenig bei dem alten Hieronymus ein und plauderte ein Weilchen mit ihm. Dann ging ich den Felsenweg bis zu dem schwarzen Steine, an dem dieses Mal auch niemand saß. Als ich in das Seitental einbiegend die grünen Bäume sah und aus ihnen das weiße Haus Rikars hervor schimmerte, klopfte mir das Herz, und ich verdoppelte die Schritte. Da ich näher kam, hatte ich eine Überraschung: alle großen Steine waren aus den Gemüsebeeten fort, und jenseits des Hauses bis zu dem Rauche hin, wo die Erden gebrannt werden, wogte eine lustige junge und sehr grüne Saat.

Ich ging durch den Garten, und als ich mich dem Hause näherte, sprang Maria in ihren kurzen Kleidern und mit dem Strohhute auf dem Haupte die Stufen von der Halle herab und grüßte mich. Hatte sie mich nun kommen gesehen, oder war sie eben zufällig im Begriffe, heraus zu gehen.

»Seien Sie gegrüßt«, rief sie, »seien Sie gegrüßt, das ist sehr schön, daß Sie kommen.«

Sie faßte mich an der Hand und führte mich in das Haus. »Kommen Sie, kommen Sie«, sagte sie.

Sie führte mich die Treppe empor, sie führte mich an ihren und an des Vaters Zimmern vorbei, und gerade auf die der Mutter und Camillas zu. Als wir eingetreten waren, als wir das Vorzimmer zurückgelegt hatten und sie die Tür in das erste Zimmer öffnete, rief sie: »Vater, Mutter, wen bringe ich da?!«

Die Mutter kam uns aus dem nächsten Zimmer entgegen, und der 630 Vater schritt aus einem weiteren heraus.

»Ach, das ist schön, das ist schön!« riefen sie fast gleichzeitig.

Die Mutter reichte mir die Hand, der Vater umarmte mich und drückte mir wiederholt die Hände. Es war von beiden Seiten eine große, unverhohlene Freude, und ich entzückte mich an der Wärme des Empfanges.

»Kommt herein, kommt herein«, sagte die Mutter.

Sie führten mich in eine Art Gesellschaftszimmer, das früher nicht so gewesen war, und an das die Zimmer Camillas stießen. Aber bei der offenen Tür hinein sehend, sah ich nicht die Geigengeräte und die Einrichtung Camillas, sondern Rikars Tisch, sein Sofa, und aus dem ferneren Zimmer heraus blickend sein Bett, wie er alles früher in dem Gemache gehabt hatte, in dem ich bei meiner ersten Ankunft mit ihm zu Abend gegessen hatte. Als wir uns niedergesetzt hatten und sie mein Befremden bemerkten, sagte die Mutter: »Nicht wahr, da haben sich Veränderungen begeben und Ihr vermißt etwas? Camilla hat uns verlassen, sie ist jetzt unsere Nachbarin auf dem Gute Alfreds, und ist mit allen ihren Sachen dahin gezogen. Rikar ist zu mir gekommen, und so leben wir jetzt in unserem Alter wieder in gegenseitigem Beistande, wie wir in der Jugend gelebt hatten.«

Als ich meinen Beifall zu dieser Veränderung ausgesprochen hatte, sagte sie: »Ja, es hat sich bei uns vieles und sehr zum guten geändert. Die jungen Eheleute leben sehr glücklich – wir müssen sie einmal besuchen – und auch bei uns haben sich sehr angenehme und sehr zweckmäßige Veränderungen ergeben.«

Nachdem sie mir noch vielfach ihre Freude ausgedrückt hatten, daß ich gekommen sei, nachdem wir von verschiedenen Dingen, namentlich von unseren Erlebnissen während der zwei Jahre gesprochen hatten, und die Mutter noch manches von den jungen Leuten erzählt hatte, führte mich Rikar in sein Schreibzimmer und zeigte mir die zwei Wouwerman, die er dort aufgehängt hatte. Über dem Schreibtische hing ein kleines Bildnis von Guido, das ihm Maria zum Geburtstage gegeben hatte. Die Mutter zeigte mir meine Bände auf dem Ehrenplatze in ihrer Büchersammlung.

631

Als wir in den Garten hinunter gegangen waren, und ich alles, was in der Zeit geschehen war, besah, führte mich Maria zu dem Platze, wo meine Blumen standen. Sie waren in dem vortrefflichsten Zustande. Die Hyazinthen waren längst verblüht, aber sie standen allein in einem eigenen Beete beisammen.

Am andern Tage führte mich Maria zu ihren neuen Feldern hinaus. Als wir so an der schönen Saat dahin gingen, sagte sie sanft: »Er hat mich erraten und hat mich belohnt. Sie leben sehr glücklich. Sie gab ihr ganzes zärtliches Herz hin, und liebt ihn unermeßlich. Er liebt sie auch, und schont und ehrt und achtet sie. Ich habe es gewußt, daß Alfred so handeln werde. Er horcht auf ihre schönen Töne, wenn sie ihr Gefühl ausspricht, und sie wird bei ihm tüchtiger, tätiger und an den Wirtschaftssorgen teilnahmsvoller. Sie werden sehen, wenn wir hinab kommen, wie gesund sie ist. Sie ahnt von dem Zusammenhange nichts.

Auch hier oben weiß man nichts, wenn es nicht etwa der Vater ist, der alles erkennt.«

Maria hatte keinen Neid, als sie dieses sprach, sondern die reinste Freude strahlte aus ihren Augen.

»Ich habe mir hier etwas anderes zusammengerichtet«, sagte sie leise, »sehen Sie, da ist Weizen, da ist Gerste, da ist Korn.«

Bei diesen Worten führte sie mich auch gegen ein kleines gemauertes Gebäude, das an einen Gartenschoppen angebaut war. In dem Gebäude standen zwei jener schönen, glatten Gebirgsochsen, wie man sie in der 632 Gegend zuweilen trifft.

»Ich habe sie mir angeschafft, daß sie meine Feldarbeit verrichten«, sagte sie.

Von dem Neubruche der Felder gingen wir in die Halltäler, wo sie mir eine kleine Alpenwirtschaft zeigte, die sie auf den grünen Matten im Schutze der Felsen angelegt hatte. Dann gingen wir wieder zurück.

Wir waren ganz allein gegangen. Sie ging freundlich neben mir, bückte sich manchmal um eine Blume, sprach mit mir, oder grüßte liebreich einen Mann aus ihren Leuten, der uns begegnete. Man sah dem Manne die Freude an, und wie er das Mädchen liebte und achtete.

Am nächsten Tage gingen wir alle zu Alfred. Mit einem wahren Sturme von Freude wurden wir empfangen. Camilla konnte mir nicht genug sagen, wie es sie freue, daß ich da sei. Ich aber geriet fast in ein Erstaunen, wie sie sich geändert hatte. Eine volle, klare Gestalt stand vor mir, die Wangen waren dunkler, die Augen glänzender. Mit einer lieben Geschäftigkeit ordnete sie die Dinge des Hauses an, die unsere Ankunft notwendig gemacht hatte. Im Triumphe zeigte sie mir meine Geige, die sie bei den andern in ihrem Fache aufbewahrt hatte. Unaufgefordert spielte sie etwas Heiteres und Kräftiges auf diesen Saiten. Alfred behandelte sie sehr zart, und man sah, er hegte und pflegte sie in seinem Herzen.

Wir blieben außer Maria, die zurück mußte, zwei Tage auf dem Gehöfte und wurden mit Freude und Bewirtung überhäuft.

Auch Alfred und Camilla kamen später zu uns auf das Haidehaus und blieben zwei Tage.

Als die Zeit, die ich mir bei Rikar bestimmt hatte, vorüber war, als wir alles geredet hatten, was zu reden war, nahm ich Abschied. Der Abschied war sehr herzlich, und man trug mir auf, recht bald wieder zu kommen.

»Leben Sie wohl, lieber, teurer Mann«, sagte Maria, »und kommen Sie sehr bald wieder.« 633

Ich hatte mir dieses Mal den Weg über Sankt Gustav gewählt, und von da nach Riva, und in der kürzesten Linie nach Treulust zurück.

Zu Maria hatte ich nicht das leiseste – nicht das leiseste gesagt. Wie sollte ich auch? Dieses Mädchen steht so fest auf dem irdischen Boden, und sein Herz ragt doch so schön und zart in den höchsten Himmel hinein. Ich trage ihr Bild heiß – heiß in meinem Herzen. Aber was kann sie mir sein? Sie ist gut, freundlich und lieb gegen mich, aber sie hat, wenn auch ohne Wunsch und Begehr, ein anderes Bild in sich.

Ich werde nie mehr zu Rikar gehen.

Der Zufall, der immer eine solche Rolle in meinem Leben gespielt hat, hatte mich in dieses Haus geführt, um mir zu zeigen, welch ein Glück es für mich gäbe, und um es mir auf immer zu nehmen.

Ich hatte gar nie gewußt, daß ein solches Mädchen auf der Erde möglich ist. Wie wäre es schön, wenn sie um mich waltete, wenn sie wirtschaftete, schaffte, mich mit dem klaren, einfachen, heiteren Verstande umgäbe, immer und zu jeder Frist freundlich, offen und gut wäre, und in dem edlen, starken Herzen mich mit der tiefsten, heißesten Gattenliebe trüge. Wie wollte ich in dem jetzt einsamen Treulust walten, oder wie gerne wollte ich auch in dem stillen Alpentale bei ihr sein und dort mit ihr wirken und schaffen. – Ich sollte nur erkennen, was einzig schön und göttlich ist, um es dann auf ewig ferne zu haben.

5. Nachwort

Der Zufall, von dem mein Freund behauptet, daß er so wichtig in sein Leben hinein spiele, hat ihn diesmal gut gebettet. Nie hat es zwei Menschen gegeben, die besser für einander taugen als er und Maria. Darum wird er sein Vorhaben nicht halten. Er wird und muß wieder nach Riva 634 und in das Haidehaus gehen. Maria wird allgemach und unvermerkt seine Gattin werden, sie werden mit einander leben, eine Schar blühender Kinder wird sie umgeben, und sie werden ein festes, reines, schönes Glück genießen.

Dies ist so wahr, als die Sonne im Osten auf- und im Westen untergeht, und als sie noch viele Jahre auf- und untergehen wird. 635

Biographie

1805 *23. Oktober:* Adalbert Stifter wird in Oberplan in Böhmen als Sohn des Webers und Flachshändlers Johann Stifter und seiner Frau Magdalena, geb. Friepes, geboren.

1817 *November:* Bei einem Unfall kommt der Vater ums Leben.

1818 Eintritt Stifters ins Gymnasium des Benediktinerstifts Kremsmünster (bis 1826).
Erste literarische Versuche.

1826 Stifter schreibt sich an der Universtität Wien zum Jurastudium ein. Nebenbei studiert er Naturwissenschaften und Geschichte.

1827 Beginn der Liebe zu Fanny Greipl, um die er leidenschaftlich wirbt, bis er zuletzt abgewiesen wird.

1830 Stifters erste Erzählung »Julius« entsteht um das Jahr 1830 herum, die genaue Datierung ist umstritten (erstmals veröffentlicht 1930).
Stifter bricht das Studium ab. Arbeit als Hauslehrer. Lektüre Jean Pauls, dessen Literatur einen großen Einfluß auf Stifters Werke hat.

1832 Liaison mit der ungarischen Putzmacherin Amalia Mohaupt.

1837 *November:* Heirat mit Amalia.

1840 Zum ersten Mal erscheint eine Erzählung Stifters, »Der Condor«, in der Wiener »Zeitschrift für Kunst, Literatur, Theater und Mode«, im gleichen Jahr folgt dort »Das Haidedorf«.
In »Iris. Taschenbuch für das Jahr 1841« wird die Erzählung »Feldblumen« gedruckt.

1841 In der Wiener »Zeitschrift für Kunst, Literatur, Theater und Mode« veröffentlicht Stifter seine Erzählung »Die Mappe meines Urgroßvaters« (überarbeitete Fassung 1847 in den »Studien«; nachgelassene Fassung 1870).
In »Iris. Taschenbuch für das Jahr 1842« wird Stifters Erzählung »Der Hochwald« gedruckt.

1842 Bekanntschaft mit dem Verleger Gustav Heckenast in Pesth, dem Herausgeber des Almanachs »Iris«. »Die Narrenburg« kommt in »Iris. Taschenbuch für das Jahr 1843« heraus.
Im »Österreichischen Novellen Almanach« wird Stifters »Abdias« veröffentlicht.

1843 Hauslehrer des Sohns von Staatskanzler Fürst Metternich. Erstdruck von »Wirkungen eines weißen Mantels« in der Wiener »Zeitschrift für Kunst, Literatur, Theater und Mode« (in der Buchfassung von »Bunte Steine« unter dem Titel »Bergmilch«). »Brigitta« erscheint in »Gedenke mein! Taschenbuch für das Jahr 1844«.
Die Erzählung »Das alte Siegel« wird im »Österreichischen Novellen Almanach« gedruckt.

1844 »Wien und die Wiener in Bildern aus dem Leben« (Skizzen). »Der Hagestolz« erscheint in »Iris. Taschenbuch für das Jahr 1845«.
Die »Studien« beginnen zu erscheinen, die bis 1850 publizierten sechs Bände enthalten Erzählungen, die vorher zumeist bereits in Zeitschriften veröffentlicht worden waren.

1845 Im »Oberösterreichischen Jahrbuch für Literatur und Landeskunde« wird die Erzählung »Der Waldsteig« gedruckt.
»Die Schwestern« erscheint in »Iris. Taschenbuch für das Jahr 1846«. Stifter publiziert die Erzählung »Der beschriebene Tännling« im »Rheinischen Taschenbuch auf das Jahr 1846«. Erstdruck von »Der heilige Abend« in der Wiener Zeitschrift »Die Gegenwart« (in dem Erzählband »Bunte Steine« von 1853 unter dem Titel »Bergkrystal«).

1846 In »Iris. Taschenbuch für das Jahr 1847« erscheint Stifters Erzählung »Der Waldgänger«.

1847 Aufnahme einer Nichte Amalias, der sechsjährigen Juliana, als Pflegetochter.
»Der arme Wohltäter« erscheint in »Austria. Österreichischer Universal-Kalender für das Schaltjahr 1848« (später unter dem Titel »Kalkstein« in den »Bunten Steinen«).
In »Iris. Taschenbuch für das Jahr 1848« wird die Erzählung »Prokopus« gedruckt.

1848 *Mai:* Stifter zieht nach Linz um. Die Erzählung »Pechbrenner« wird in »Vergißmeinnicht. Taschenbuch für 1849« veröffentlicht (in »Bunte Steine« unter dem Titel »Granit«).

1849 Stifter wird Redakteur der »Linzer Zeitung«, zeitweise auch des »Wiener Boten«.
Eine Reihe von Schriften Stifters über Fragen der Pädagogik und des Schulwesens werden veröffentlicht.

1850 *Juni:* Stifter wird Volksschulinspektor Oberösterreichs. Er gründet in Linz eine Realschule.

1851 Stifter wird Mitglied im Oberösterreichischen Kunstverein (bis 1862).
»Der Pförtner im Herrenhause« erscheint in »Libussa. Jahrbuch für 1852« (in »Bunte Steine« unter dem Titel »Turmalin«).

1853 Beginn der ehrenamtlichen Tätigkeit Stifters als Konservator für die k. k. Denkmalschutzkommission.
Der zunächst als Kinderbuch geplante Erzählband »Bunte Steine« erscheint in zwei Bänden mit Werken, die außer der Erzählung »Katzensilber« bereits in Zeitschriften abgedruckt waren.

1854 Stifter erhält den Franz-Joseph-Orden.

1855 Kuraufenthalt im Bayerischen Wald.

1857 Stifters Hauptwerk, der nach dem Vorbild von Goethes »Wilhelm Meister« verfaßte Bildungsroman »Der Nachsommer« (3 Bände), an dem er seit 1853 gearbeitet hatte, erscheint.
Reisen nach Klagenfurt und Triest.

1858 *Februar:* Tod der Mutter.

1859 Juliana, die Ziehtochter Stifters, wählt den Freitod.

1860 Reise nach München.

1863 *Herbst:* Unheilbare Erkrankung (wahrscheinlich an Leberkrebs).

1864 Krankenurlaub Stifters.
Sommer: Erholungsurlaub im Rosenbergergut.
»Nachkommenschaften« erscheint in »Der Heimgarten. Haus- und Familienblatt«.

1865 Kuraufenthalt in Karlsbad. Sommerurlaub im Rosenbergergut.
November: Stifter erhält den Titel eines Hofrats und wird vorzeitig pensioniert.
Winter: Aufenthalt in Kirchschlag.
Der historische Roman »Witiko« (3 Bände, 1865–67) beginnt zu erscheinen.

1866 Kuraufenthalt in Karlsbad.
Im »Düsseldorfer Künstleralbum« erscheint Stifters Erzählung »Der Waldbrunnen«.
Die »Gartenlaube für Oesterreich« druckt Stifters »Der Kuß von Sentze«.

1867 Stifter erhält von Großherzog Carl Alexander von Sachsen-Weimar-Eisenach das Ritterkreuz.

Kurreise nach Karlsbad.

1868 *28. Januar:* Stifter stirbt in Linz, nachdem er sich zwei Tage zuvor, von unerträglichen Schmerzen gequält, die Halsschlagader aufgeschnitten hatte.

Lightning Source UK Ltd.
Milton Keynes UK
UKHW020223150920
369915UK00014B/670